Engin Akyürek, 1981 yılında Ankara'da doğdu. Ankara Üniversitesi Dil ve Tarih-Coğrafya Fakültesi Tarih Bölümü'nden mezun oldu. 2004 yılından beri pek çok TV dizisi ve sinema filminde rol alan Engin Akyürek; yayın hayatına başladığı günden beri *Kafasına Göre* dergisinde yazdığı öykülerle de kendini ifade etmeye devam ediyor.

Sessizlik

DOĞAN KİTAP TARAFINDAN YAYIMLANAN DİĞER KİTABI
Zamansız

SESSİZLİK

Yazan: Engin Akyürek
Çizimler: Nalan Alaca
Editör: Efnan Atmaca

1. baskı / Eylül 2018
8. baskı / Eylül 2023 / ISBN 978-625-6417-85-4
Her 2000 adet bir baskı olarak kabul edilmektedir.
Sertifika no: 44919

Kapak tasarımı: Feyza Filiz
Baskı: Ana Basın Yayın Gıda İnşaat San. ve Tic. A.Ş.
Mahmutbey Mah. Devekaldırımı Cad. 2622 Sk.
Güven İş Merkezi, No: 6/13 Bağcılar - İSTANBUL
Tel. (212) 446 05 99
Sertifika No: 52729

Doğan Yayınları Yayıncılık ve Yapımcılık Ticaret A.Ş.
19 Mayıs Cad. Golden Plaza No. 3, Kat 10, 34360 Şişli - İSTANBUL
Tel. (212) 373 77 00 / Faks (212) 355 83 16
www.dogankitap.com.tr / editor@dogankitap.com.tr / satis@dogankitap.com.tr

Sessizlik

Engin Akyürek

Kafasına Göre dergisinin editörü İdil Hafızoğlu'na, Yasin Öksüz'e, Nalan Alaca'ya, Basri Albayrak'a, Özlem Durak'a, Ankara'ya ve değerli aileme sonsuz teşekkürler.

Bu kitabın telif gelirleri Engin Akyürek tarafından Darüşşafaka Cemiyeti'ne bağışlanmaktadır.

İçindekiler

Kiraz ağacı

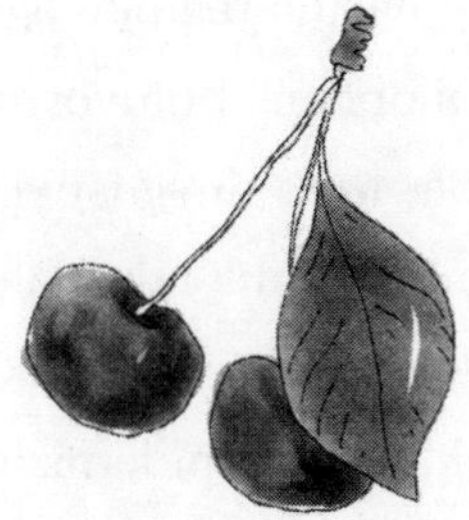

Kiraz ağacının tepesindeydim...

Huysuz ihtiyar Hüseyin Amca'nın bahçesi ve kiraz ağacı yeni yapılmış yağlı boya tablo gibiydi... O bahçede gördüğünüz gülleri, çiçekleri, ağaçları hiçbir yerde göremezdiniz. Hüseyin Amca bir botanikçi ciddiyetinde bahçesine bakar, emekli park bekçisi olduğundan, işin inceliklerini, gübre bilimini iyi bilirdi. Kayısı ağaçlarının güzelliği, dut ağaçlarının ihtişamı, gözümüzle midemiz arasında bir köprü kursa da asıl övgüyü her zaman kiraz ağacı alırdı.

Hüseyin Amca ve karısı çoktan uykuya ayak basmışlardı. Hava kararır kararmaz karı koca ışıkları söndürür, erkenden yatarlardı. Mahallenin kadrolu haylazları olarak ışıklar sönünce tellerle çevrilmiş duvardan atlar, Hüseyin Amca'nın bahçesine girerdik. Hakan gözcülük yapar, Mehmet kayısı ağacına çıkar ben de Selim'le kiraz ağacının en derin yerlerinde dallanır budaklanırdım. Kiraz ağacının en tepesinde ben vardım. Himalayalar'a tırmanan dağcılar gibi manevi bir haz yaşıyor, evdeki dolap tepeleme meyveyle dolu olmasına rağmen ağacın tepesine çıkıp kiraz yemenin keyfini organik buluyordum.

Aslında bir nevi başarma duygusuyla karışık çocuk bedenime sinen haramlı zıkkımlı adrenalin salınımı yaşıyordum. Poşet taşımıyor, ceplere istifçilik yapmıyor, ne bulduysak onu yiyorduk. Çocuk midemizin çapı kadar açgözlüydük... Hakan'ın gözcülük payı kadar ceplerimizi doldurur, cırcır olmamak için talan duygumuzu törpülerdik. Dikkat edilmesi gereken detaylar vardı. Örneğin löplettiğimiz kirazların ve kayısıların çekirdeklerini asla yere atmazdık. Hüseyin Amca sabah çekirdekleri bahçesinde görürse hepimizi öğle namazına kalmaz, çekirdeklerle beraber yapı taşlarımıza ayırır, atomun en küçük parçacığı haline getirirdi. Kiraz yemenin en keyifli tarafı; yedikten sonra ağız içinde oluşan tatlı, ekşimsi tatla çekirdeği boşluğa fırlatmaktı. Ama hem İzmir hem cam kenarı olmuyordu...

Hakan'ın sesi tizleriyle beraber kulağımızı tırmalamıştı.

Hakan korkmuş; görev bilinciyle, sesiyle yüreği arasına sıkışan paniğini salıvermişti. Hüseyin Amca'nın demirli bahçe kapısının zili çalmış, Hakan paniğini yanına almış duvardan atlamış, vınlamıştı. Kapının açılmayacağını umuyordum, zaten Hüseyin Amca da uykuya dalmış olmalıydı. Zil ısrarla çalınıyor, ağacın tepesinde hareketsizce bekliyordum. Bu saatte hangi münasebetsiz Hüseyin Amca'yı ve karısını rahatsız ederdi ki...

Demir kapının acıklı zili tam susmuştu ki zil sesinden daha acıklı çat çutlu açılma sesi gelmişti. Ah be Hüseyin Amca ne lüzumu vardı ki şimdi...

Kapının açılma sesini duyar duymaz Mehmet'le Selim ağaçtan atlamış karanlığın içinde kaybolmuşlardı. Kapı açılmış, iki kafanın gölgesi korkutucu bir görüntü yaratmıştı. Kiraz ağacının tepesinde saklanmaktan başka çarem yoktu. Sessizliğin yarattığı, kulakları sağır eden bir gürültü vardı. Gölgeler hareket ettikçe toprak zeminden gelen sesler içimi okşamaya, ergen yüreğim ağzımın içinde pıt pıt atmaya başlamıştı. Kiraz ağacının gölgesiyle buluşan iki gölge kafa kendi bedenleriyle buluşmuş, gölgeler cisimleşmişti. Ağacın tepesinden annemle babamı görüyordum... Bayramın dördüncü günü olduğundan bizimkiler uzatmalara kalan bayramlaşmaları saat geç de olsa bitirmek istemişlerdi. Kollarım, bacaklarım kiraz ağacının bir parçası haline gelmişti. Sessizliğe ortak olmuş, kiraz ağacının bir uzvu haline gelmiş bekliyordum. Hüseyin

Amca'nın karısı kapıyı açıp bizimkileri içeri buyur ettiğinde fotosenteze uğrayıp buhar olacaktım.

Hüseyin Amca'nın karısı kapıyı açmıştı. Bizimkiler ayakkabıları çıkaramadan Hüseyin Amca'nın huysuz sesi yattığı odadan bahçeye süzülmüştü.

"Bahçede oturalım yahu, hava güzel."

Masalar, sandalyeler, çaylar, kiraz ağacının altına taşınmıştı. Hüseyin Amca'nın icadı kiraz ağacı dekorlu aydınlatma ışıl ışıl yanmış, lunapark maskotu gibi ortaya çıkmıştım. Kafalarını kaldırsalar beni görecekler, selamlaşıp bayramlaşacaktık...

Hayırlı bayramlarla başlayan cümleler yeni cümlelerle birleşip içilen çaylar yenisiyle yer değiştiriyordu. Kiraz ağacının tepesindeki bekleyişim yorucu bir hale dönüşmüş, çişim gelmişti. Fermuarımı açıp yerçekimine inat aşağı salmak istiyordum. Hüseyin Amca'nın kel kafası hedef tahtamdı, buradan iyi bayramlar diyebilirdim. Hafif esen rüzgâr rotamı şaşırtabileceğinden çişimi tutmaya çalışmıştım ama kasıklarıma oturan sancı tünediğim dalla beraber beni aşağı bırakmıştı. Bizimkilerin ayak ucuna, Hüseyin Amca'nın yanına düşmüştüm: "İyi bayramlar..."

Gözümün üzerine bir karanlık çökmüştü. Karanlığın yarattığı yeni bir renk vardı. Bütün siyahlar yoğunlaşarak yeni bir renk cümbüşü yaratmış, halka halka olmuş siyah gökkuşakları beni içine sürüklemişti.

Gözümü açtığımda bir yatağın içindeydim. Vücudumun yumuşak dokularından gelmesi gereken acıyı hissetmiyordum. İnsanın genzini yakan naftalin kokusu bütün odaya sinmişti. Neredeydim, bu odada ne işim vardı? Hastane odası olmadığı, eşyaların duruşundan, eskiliğinden belli oluyordu. Yataktan çıkmaya çalışırken bedenimin ağırlığını ayarlayamayıp yere yığılmıştım. Vücudumda, ergen bedenimin alışık olmadığı bir dengesizlik ve orantısızlık vardı. Pencereye doğru yürürken duvardaki aynada kendimi gördüğümde karanlık bir kâbusun içine düştüğümü anlamıştım. 15 yaşında bir çocuğun bilinçaltına saklanmış bir kâbus yaşıyordum. Ergen bedenim elli yaşında bir adamın bedenine dönüşmüştü. Sesim değişmiş, saçlarım dökülmüş kim olduğunu bilmediğim bir adamın bedenine girmiştim. Aynadaki yüzümü incelerken kâbus gördüğünü anlayan her çocuk gibi uyanınca geçecek, diyordum. Kafamı toprak zemine sertçe vurmuş, kafam topraklama yapmış, açılmaması gereken kapılar açılmıştı. Belki de biraz tadını çıkarmalıydım, bir kâbusun içindeydim ama her şey benim kontrolümde olabilirdi. Ne de olsa bir kâbusun içinde olduğumu biliyordum. Uyanana kadar eğlenebilirdim...

Sesim kalınlaşmıştı. Kulağıma değen ses, çocuksu bir melodi yaratıyordu... Bir anda odaya, içine saklandığım adamın yaşlarında bir kadın girmişti.

"Hazır mısın bey?"

Kâbusumun detayları korkutucu mu olacaktı? Her detay o kadar gerçekti ki kapı kolundaki kilit markasını bile görebiliyordum. Kadının yıllardır bu odada yaşadığı belli oluyordu. Kadın çarşafları bir çırpıda değiştiriyor, dolaptaki her şeyi on parmak daktilo kullanır gibi yerli yerine yerleştiriyordu. Üzerini değiştirirken, ayıp olmasın diye arkamı dönüyordum. Kâbus benim olsa da burası benim yatak odam değildi. Evli olduğumuzu düşündüğüm kadın sesindeki şefkatli tonu tekrar ısıtıp aynı soruyu sormuştu.

"Hazır mısın bey?"

Aynanın önünde arkam eşim olan kişiye dönük ayakta bekliyordum. Bu bir kâbus, demek istedim ama ağzımdan çıkması gereken kelimeler boşluğa bırakılan nefes olmuş, ses çıkmamıştı. Kadın gülen gözleriyle yanıma yaklaşmış elini başıma koymuştu.

"İyi misin? Ateşin de yok."

"İyiyim."

"Hazırlanman lazım."

"Neden?"

Ağzımdan dökülen kelimeler beden yaşımın ağırlığındaydı, bu bir kâbus demeye çalıştığımda her şey sessizleşiyor, kâbusumu yönetenler bu cümleye sansür uyguluyordu.

"Aaa, ne neden? Unuttun mu, bugün bizim kızı istemeye gelecekler."

Evli olduğuma göre bir kızım olabilirdi, yaşımız itibariyle de evlilik çağına gelmesi normaldi.

Eşimin, yatağın üzerine özenle koyduğu ütülü takım elbiseyi ne ara giymiştim hatırlamıyorum ama özel günler için hazırlanmış bir takım elbise olduğu belliydi. Bir aile babasıydım, kaç çocuğum vardı, kaç yaşındaydım bilmiyordum... Yatak odasının kapısından kafamı uzatınca bir dekorun içine yerleştirildiğimi hissetmiştim. Adımlarımı temkinli atarak yürüyordum. Tahta zeminden diş gıcırtısı gibi sinir bozucu bir ses çıkıyordu. Salondaki masanın üzerine özenle yerleştirilen yiyecekler çok güzel görünüyordu. Elinde tepsiyle genç bir kız mutfaktan çıkmıştı, elindeki tepsiyi masaya bırakarak koşar adım üzerime gelmiş sarılmıştı.

"Canım babacığım!"

Annesine çektiği belliydi, içinde saklandığım adamın suratında böyle incelikli detaylar yoktu. Gülmeye çalışsam da adamın yıllardır çalıştırmadığı yüz kasları gülüş niyetine yarım ağız bir tebessüm yaratabildi ancak.

Üzerimdeki takım elbisenin ütüsü bozulmasın diye masanın kenarındaki sandalyeye kibarca ilişmiştim. Kızımın maşallahı vardı, güzeldi, bana çekmediği her halinden belli oluyordu. Bakalım istemeye gelecek olan damat adayı kızımı hak ediyor muydu? Mutfağın yanındaki kapı açılmıştı içerden ergen, genç irisi bir erkek çocuğu çıkmıştı. Bunun kime çektiği belliydi... Kızımın ve annesinin tam tersine suratsız, sivilceli, evlat olsa sevilmez, o cinstendi. Uykudan yeni uyandığı belli oluyordu, kafasını kaşıya kaşıya banyoya girmişti. Eşşoğlusu ne günaydın babacım demiş ne de gelip bir sarılmıştı... Sıkılmaya başlamıştım. Üzerimdekileri çıkarıp yatağa girip uyumalı, bu kâbustan kurtulmalıydım. Tam karşımda ceviz ağacından yapılmış bir vitrin vardı. Ceviz ağaçlarını iyi bilirim, Hüseyin Amca'nın da ceviz ağacı vardı, kurtlanınca kesmek zorunda kalmıştı. Vitrinin çekmeceli gözünün üstünde bir gazete duruyordu. Gazetenin manşetine ve tarihine bakınca 1940 yılını görüyordum. Bilmediğim, görmediğim bir resmin dekoru içinde acaba ne yapıyordum. 100 yıl sonrasının içinde olacağım bir kâbus daha eğlenceli, daha teknolojik olabilirdi. Orada göreceklerimi düşlerimle bugüne taşıyabilirdim...

Kâbusumdaki eşim iki dirhem bir çekirdek giyinmişti. Heyecanını elindeki toz bezinden çıkarıyor, mutfağa giderken masayı silebiliyor, yemekleri getirirken genç irisi oğlanın kıyafetlerini ütüleyebiliyordu. Oturduğum yerden küçük ailemizi izliyor, naftalin kokulu bu eve alışmaya başlıyordum.

Zil çalmış, aynı bizim evin zili gibi kuşlu böcekli bir şeyler uçuşup kaçışmıştı. Baba olarak sakin kalmam gerektiğini biliyordum. İçeriye, gürültülü ama gürültünün içine yerleşmiş bir tevazuuyla damat ve ailesi girmişti. Damat yirmilerinin başında, saçları benimki gibi dökülmeye meyilli bir adamdı. Annesi babası makul insanlara benziyor, çıkardıkları ses; ne söylenmesi gerektiğini bilmemekten kaynaklanıyordu. Koltuklara geçip otururken damadı izliyordum. Çocuk da olsak insandan anlayacak aklımız, sezgimiz vardı çok şükür. Giriş ve gelişme merasimlerinden sonra kahveler gelmişti. Güzel kızım kahve yapmıştı. 15 yıllık ömrümde ilk kez Türk kahvesi içmiştim.

Damadın annesi çok konuşuyor, karşılığını bilmediğim cümleleri ipe dizer gibi sıralıyordu. Gözüm damattaydı, hali hareketleri pek güven verici gözükmüyor, arada çekingen bakışlarıyla beni süzüyordu. Damadın babası lafları kıyıdan köşeden süpürüyor, cümleleri kız istemeye getiriyordu. Babaydım, son söz bana düşecekti... Kızım yavru ceylan gibi gözlerime bakıyor, evet dememi bekliyordu. Kılkuyruk damat adayını sevmemiştim ne bakışı ne de duruşu güven veriyordu. Gözleriyle bariyerler kuruyor, içinin dolambaçları nefes alışına oradan da nefesiyle naftalin kokulu eve saçılıyordu. Güzel kızım kahve fincanlarını toplarken damat tarafının getirdiği çikolatayı, pastayı ortada duran sehpa görünümlü sandığın üzerine koymuştu. Kâbusun en güzel tarafı buydu, kahve ile poğaça beni kesmemişti. Sehpayı önüme çekmiş, elime avucuma ne gelirse gömmüştüm. Baba rolü de bir yere kadardı, hem kâbussa benim kâbusumdu! Şirin ailem, bakışlarıyla kınasa da ben bir kutu çikolatayı kemirip bitirmiştim. Çikolatanın içinde kakaodan çok keçi boynuzu aroması vardı. Dişlerim, dudaklarım şerbet olmuştu. Bütün bakışlar bendeydi, dudaklarımda yarımay şeklinde bir keçinin otladığını görebiliyordum. Müsaade isteyip nerede olduğunu bilmediğim banyoya doğru hareket etmiştim. Banyoda ağzımı yıkarken arkamdaki açık kapıdan damat adayı kafasını uzatmıştı. Ben de arkamı dönmeden önümdeki aynadan ona bakmıştım. Damadın gözündeki telaş harlanmış, sanki başka bir şey anlatmak istemişti.

Açık banyo kapısını kapatıp arkasını da şöyle bir kolaçan edip banyoya girmiş kapıyı kapatmıştı.

"Tanımadın mı lan beni?"

Bak saygısıza müstakbel kayınbabasına neler diyordu!

"Ne diyorsun evladım?"

"Başlatma lan şimdi evladından!"

"Noluyo ya?"

"Tanımadın mı beni?"

"Yoo..."

"Hakan oğlum, Hakan..."

"Hakan mı, hangi Hakan?"

"Kaç tane Hakan tanıyorsun?"

Kâbusumun en mahrem yerinde Hakan'ın ne işi vardı? Arkasına bile bakmadan duvardan atlayıp kaçmıştı.

"Lan pis satıcı, senin ne işin var burada?"

"Sanki isteyerek buraya geldim."

Hakan'a yaklaşmış, içine düştüğü bedeni şaşkınlığımla sıyırıp gözlerinden atamadığı ergen halini yakalamıştım. Baba sesimle:

"Bu benim kâbusum, senin ne işin var?"

"Nasıl senin kâbusun, benim kâbusum!"

Damadımla banyoda, kimin kâbusu kavgası yapıyorduk.

"Lan satıcı, duvardan atladın kaçtın, ben kiraz ağacının tepesinden kafalama düştüm, oradan da buraya..."

"Ben düşmedim sanki..."

"Nasıl?"

"Duvardan atlarken karanlıkta dengemi kaybettim yapıştım yere, sonra gözümü bir açtım bu tipsiz damadın içindeyim. Saatlerdir derdimi anlatmaya çalışıyorum, kurtulmaya çalışıyorum ama fıs..."

"Hadi ya, nasıl yani, buradan çıkamayacak mıyız?"

"Bilmiyorum, uyumaya çalıştım falan hikâye."

İçim ürpermiş, sanki içine düştüğüm adam bütün ruhumu ele geçirmişti.

"Beni nasıl tanıdın?"

Üzerimde battal boy bir adamın bedenini taşıyordum, beni tanıması imkânsızdı.

"Ben anlarım."

"Ben niye anlamadım ya?"

"Bakıyorum babalık rolünü sevdin."

"Konuşma satıcı... Benim kızımı mı istiyorsun şimdi?"

"Ne diyosun lan, ne kızı ne istemesi. Ayrıca nereden senin kızın oluyormuş?"

"Şimdi içerdekilere her şeyi anlatayım da gör..."

"Adisin oğlum, içine düştüğün adam da aynı senin gibi sahtekâr kılıklı."

Kapı kibarca çalınmış, eşim sesine kondurduğu incelikle.

"Bey orada mısın?"

"Geliyorum hanım."

Hakan'la göz göze gelmiş, birbirimizi yumruklayarak gülmeye başlamıştık.

"Bey..."

Tam banyodan çıkarken Hakan içine gizlendiği adamın karakterine bürünmüş gibi:

"Kızın güzelmiş."

Hakan'ı tanırdım, kâbusumda boşuna bu kılıksız herifin içine girmemişti. Banyodan çıkmış üstümü başımı düzeltmiş, babalık rolüme geri dönmüştüm. Kızımı bu kılıksıza vermeyecektim. Damadın babasına, karıma, salondaki herkese dikkatlice bakıyordum. Tanıdığım, sevmediğim birileri bu bedenlere sinmiş olabilirdi. Şu genç irisi ergen evladım hiç güven vermiyordu...

Damadın babası konuşmasını son düzlüğe taşımış, Allah'ın emriyle kızımı istemişti. Sessizlik olmuş, salondaki herkes bir cevap vermemi beklemişti. Sehpayı iyice önüme çekmiş biten çikolataların ardından pastaya geçmiştim. Sessizliğim vereceğim cevabın önemini büyütmüş, salondaki bütün karakterler bilinçaltımın misafirleri olarak kibarca cevabımı beklemişlerdi.

"Benim bu evliliğe..."

Cümlemi tamamlayamadan, gözlerim tekrardan kararmaya başlamıştı. İçim çekilmiş, oturduğum koltuktan yere doğru süzülmüştüm. Gözbebeğime değen ışık, sehpanın üzerindeki pastayla göz göze gelmemi sağlıyordu. Bütün ailem, damat takımı başıma toplanmış çıkardıkları sesler anlamsız ses kalabalığına dönüşmüştü. Kendimi zorlasam da tek görebildiğim sehpanın üzerindeki kirazlı pastaydı.

Gözümü açtığımda, bir hastanenin acil servisindeydim. Annemle babam panik olmuş bir şekilde bana bakıyorlardı. Annem:

"İyi misin oğlum?"

"İyiyim anne."

Kafam sarılı, ağzım gözüm yaralanmıştı. Babam hırsızlık yaptığımı unutmuş olacak ki başımı okşarken:

"Hüseyin Amcan sana kiraz yolladı, yer misin, atayım mı ağzına bir tane?"

Ne diyeceğimi bilemeden perdeyle ayrılmış yan bölümden Hakan'ın sesi gelmişti.

"Aaaa..."

Annem suratımdaki şaşkınlığı yakalamış:

"Yaa, Hakan da duvardan atlarken kafasının üstüne düşmüş. Allah korumuş."

Kafamı yan tarafa çevirdiğimde perdenin arasından Hakan'ı görmüştüm. Yarılmış kafasına dikiş atılıyordu. Doktor hareket ettikçe perde hareketleniyor Hakan'la göz göze geliyorduk. Doktor son düğümü kafasına atarken Hakan her şeyi biliyormuş gibi sessizce:

"Sakın o kirazdan yeme!"

Kafamı yastığa iyice gömmüş gözlerimi kapatmıştım. Ağzımda bir tat vardı: Kiraz tadı...

Karanlığın içinde bir nefes

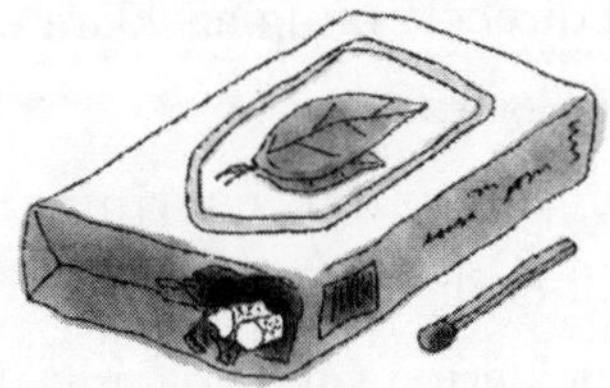

Hakan, kederli sesini, ufalanmış nefesiyle telefonun ucuna iliştirip yollamıştı:

"Dedem vefat etti..."

İsmet Amca, Hakan'ın dedesi, bütün çocukluğumun akıl hocası, görmeyen gözleriyle gönül gözümün anahtarıydı. Çocukluğunda geçirdiği ateşli bir hastalık sonrası gözleri görmez olmuştu. Ama yine de karanlık dünyasını aydınlatacak renkleri bulabilmiş, onları çocuk kalbine sığdırıp doksan yıllık ömrüne taşımıştı... Gözlerinin görmemesini dert etmezdi. Konu karanlık resimlere, görmeyen gözlerine gelince, her gün üç paket içtiği sigaradan bir dal daha içer, nefesiyle konuyu değiştirirdi. Kendi akranlarına göre genç gözükür, direk gibi yürürdü. Giyimi kuşamı, hanımı Hatice'den sorulsa da her daim gömlekli, kravatlı gezerdi. Konu komşuya sorsan; gamsızın önde gideniydi, hiçbir şeyi dert etmez, kahırlanmaz, yüzüne kondurduğu yarımay gülüşüyle her şeyi geçiştirirdi. Bana soran olmazdı ama sorulsaydı anlatacağım çok şey olurdu: Görmeyen gözleriyle gülüp, karanlık dünyasının içine yerleştirdiği lunaparka sizi davet eder, Hakan'la yaptığımız haytalıklara, ana baba sopası yedirecek yaramazlıklara el atar, yumuşak sesiyle başımızı okşardı...

Sigara içişinde bir sanat eserinin icrasını, bir zanaatkârın incelikli işçiliğini görürdünüz. Sigarayı eline alışını, yakışını, dudaklarına varla yok arası koyuşunu, sigarasından bir nefes çekip aşk şiiri okur gibi dumanı bırakışını, görmenizi isterdim. Evlatları, ısrar kıyamet sigarayı bırakması için çok uğraşmışlardı ama İsmet Amca, her seferinde sigarasından bir nefes çekip "Dünyaya kazık çakmaya gelmedim" derdi. Ne gülüşünü kaybetmişti ne de yürüdüğü yolları... Tin tin küçük adımlarla yürür, kimseye sormadan nokta atışı gideceği yere ulaşırdı. Karısı Hatice'yi kaybedince, hafif kamburu çıkmış olsa da bu kambur yalnızlığın verdiği bir kamburdu, dile kolay elli yıllık hayat arkadaşını, bütün hayatının kılavuzunu kaybetmişti.

23 Nisan'da, 29 Ekim'de mahallenin bütün çocuklarını taksiye bindirir, Ankara 19 Mayıs Stadyumu'ndaki göste-

rilere götürür, suratındaki yarımay gülüşü, ayçöreği kıvamında taze gevrek bir mutluluğa dönüşürdü. İki üç taksi arkalı önlü, korna çala çala, ellerimizde bayraklar bayramı kutlamaya giderdik. "Bayram, bayram gibi olmalıydı" bu söz benim değil, İsmet Amca'nındı...

Bayramın birinci günüydü, evin her yeri bal dök yala kıvamında, anne temizliğinden çıkmıştı. Kıyafetlerin ambalajından yeni çıktığı belli, suratlarda gülümseme, orta sehpa gelen misafirin ağırlığına göre stratejik konumdaydı. Çikolatalar beklemede durur, bonbonlu şekerler çoluk çocuğa ayrılır, her kapıyı çalana hayırlı bayramlar tatlılığında limonlu kolonya dökülürdü. İsmet Amca, babamı çok sever, bayramın ilk günü bayramlaşmaya gelirdi. Sevginin ve saygının, ifade ediliş şekline göre adını koymadığımız kuralları vardı; ilk gün yapılan bayramlaşmalar daha değerli, son güne kalanlar bir mizansen, bir iade-i ziyaret, bir geri bildirim gibi algılanırdı. İsmet Amca'ya çikolata ikram etmiş, harçlığımı almıştım. Sohbetin konusu ne olursa olsun anlatıcı İsmet Amca'ydı. O ne anlatırsa anlatsın ben kahkahalarımı dizginleyemez, babamın ufak kaş hareketiyle gülüşlerimi içime içime yollardım. Oysa bir çocuğun, yaşlı bir adamın anlattıklarına gülmesi, bu hayatta gülünecek, kahkaha atılacak çok şey olduğunun göstergesiydi.

İsmet Amca, sigarasını söndürmüş, yenisini yakmak için elini ceketinin iç cebine sokmuştu. Eliyle hafifçe yokladığı sigara paketinin bittiğini anlayınca, babam orta sehpada sergilediğimiz sigaraları uzatmıştı. İsmet Amca dudağına götürmeden:

"Benimki bundan değil, içemem bunu."

O vakitler balkonlarda, mutfak camlarında sigara içilmez; içilecekse salonun, oturma odasının en oturaklı yerinde sigara içilirdi.

"Ben gider alır gelirim İsmet Amca."

"Zahmet olmasın."

Kahveler daha gelmemiş, anlatılan hikâyeler daha pişmemişti. Parayı cebime attığım gibi zıplaya zıplaya bakkalın yolunu tutmuştum. Bir koşu gidip gelecektim, kahvenin köpüğü dudakları yalarken evde olacaktım.

Bayramın ilk günüydü, mahalle bakkalı kapalıydı. Hava hafiften kararmaya başlamıştı. Nefesimi dinlemeden yukarı mahallenin bakkalına koşar adım gitmiş, kapalı yazısıyla iyice nefes nefese kalmıştım. Ya geri dönecek ya açık bir market ya da bakkal bulacaktım. Bir çocuğun sorumluluk duygusu sonradan öğrenilenin aksine çıkarsızdı, vicdanlıydı, yürektendi...

Eve elim boş dönemezdim, koşuyordum karanlığın içinde, açık bakkal arıyordum. Evden o kadar uzaklaşmıştım ki geri dönüş yolunu da düşünecek olursak İsmet Amca yatıya kalırsa anca yetişebilirdim. Bacaklarımın kısa oluşu, uzaklık kavramını abartmış olmamı sağlasa da eve üç, dört kilometre mesafede bir yerdeydim. Üzerimdeki kıyafetler bayramlık olmaktan çıkmış tozun toprağın içinde leğen karşılığı eskicilere verilecek duruma gelmişti. Ayaklarım cayır cayır yanıyor, yürüdükçe belden aşağıma vuran kara sular saçlarımdan süzülen terlerle birleşiyor, bedenimde derin bir gölet oluşuyordu. Her adımımda nefesimin sesini, terlemiş koltukaltımda ve ensemde hissedebiliyordum.

Tam eve geri dönecektim ki ışıkları açık bir bakkal tabelası iki binanın arasına gizlenmiş ışıl ışıl parlıyordu. Nefesimi yavaşlatmış, hedefime ulaşmanın verdiği rahatlıkla bakkala girmiştim. Korkum, İsmet Amca'nın içtiği sigaranın bakkalda olmamasıydı. Bakkal amca sigaraların olduğu rafı gözüyle kolaçan edip rafın arkasına saklanan sigara paketini bulmuştu. Terlemiş avuç içlerim sıkı sıkıya tuttuğum parayı hafif nemli bir kıvama getirmiş, üstüm başım koşmaktan toz toprak olmuştu. Görüntüm pek hayra alamet değildi... Bakkal amca, sigarayı uzatırken:

"Sen içmeyecen di mi?"

Beklemediğim yerden gelen soru içimde saklanmış, adını bilmediğim sesleri harekete geçirmişti. Bakkal amca, tam paranın üzerini verirken, "Bi tane de kibrit."

Ne yapacaktım, oturup İsmet Amca'nın sigarasını mı içecektim? Suç işleyen insanların hissettiği adrenalin, çocuk bedenimde hınzırca bir gerilim yaratmıştı. Arkama bakmadan, hızla uzaklaşmıştım. Kuytu bir yere gelmiş, ilk defa sigara içecek olmanın anlamsız heyecanıyla paketi ters tarafından delerek içinden bir tane almıştım. Sigara paketini nasıl açılmamış gibi yutturabileceğimin provasını dönüş yoluna saklamıştım. Ağzıma aldığım sigarayı dudaklarıma yerleştirmiş, yakmıştım. Birileri yabani otları, samanları ağzıma tıkıştırıp ateşe vermiş gibiydi. Ciğerlerim, öksürmekten gözümden gelen yaşlara şahit olmuştu. Sigaranın kokusu elime, suratıma sinmeden sigarayı yere atmıştım.

Kolumda saatim yoktu, zaman kavramını eve olan uzaklığımdan anlayabiliyordum. Kafamda, sigara paketini nasıl vereceğimin provasını döndürürken nefesimi avuç içlerime hohlatarak nikotin seviyemi ölçüyordum.

Eve yaklaşırken annemin babamın, komşuların telaşlı bir şekilde koşturduğunu görmüştüm. İsmim havalara saçılıyor, sessizliğin içinde yankılanarak korkutucu bir hale dönüşüyordu.

Bütün mahalle sokağa çıkmış beni arıyordu. Elektrik direğinin arkasına saklanmış, ne yapmam, nasıl davranmam gerektiğini kafamda döndürmeye çalışıyordum. Belli ki geçirdiğim zaman dilimi tahmin ettiğimden daha fazlaydı. Sigara paketinin delik kısmı ise büyüdükçe büyüyor, hissettiğim suçluluk beni saklandığım yerde kalmaya zorluyor, insanların beni arama telaşının önüne geçiyordu.

Beni arayan insanları izliyordum. Annemin yüzündeki telaşı, Hakan'ın uykudan yeni uyanmış ne olduğunu anlamaya çalışan halini, komşuların akıl yürütmelerini, annemi teselli edişlerini... Gördüğüm her şey gerçekti. Büyük aktörlerin oynamayacağı, büyük yönetmenlerin aktaramayacağı bir gerçeklik duygusu vardı. Gerçek duyguları izlemek çocuk bedenimi etkilemişti. Gerçekliğin de bir sınırı olmalıydı, tanıdığım insanların yatak odasını izliyormuşum, en mahrem yerlere göz dikiyormuşum gibi hissedebilirdim... Gerçeğin peşinden gitmenin galiba ahlaki bir boyutu vardı...

Elektrik direğine yaslanmış, bütün mahalleyi geniş açıda izliyordum. Annemin telaşı arttıkça, polis arabası gelince, korkunun verdiği ufak kıvılcımlar oramı buramı karıncalandırıyordu. Polis arabasının ışıkları bütün mahalleyi maviye, suratımı kırmızıya boyuyor, iç dünyamı yansıtan bir ortam oluşuyordu.

Yanımdan geçen, beni arayan gölgeler korkutucu gözüküyordu. Hava da hafiften soğumaya başlamış, Ankara'nın ayazı küçük ısırıklarla dişlerini göstermişti. Yorulmuş, olduğum yere çökmüştüm... Kafamı yasladığım elektrik direğine bir gölge düşmüş, gölgeden daha gerçek, sıcak bir el enseme dokunmuştu. Arkamı döndüğümde İsmet Amca içimi ısıtan sesiyle:

"Seni haylaz seni..."

Ne diyeceğimi bilememiştim. Karanlığın içinde beni İsmet Amca'nın bulmasına çok şaşırmıştım.

"Buyur İsmet Amca, sigaran."

Sigara paketini almış iç cebine koymuş, sıcacık elleriyle ensemi kavramıştı:

"Hadi bakalım eve gidelim..."

Eve doğru yürürken mahallede derin bir sessizlik olmuş, beni İsmet Amca'nın bulması herkesi şaşırtmıştı. İsmet Amca bir kahraman gibi yürüyordu. Ensemde duran ellerini hafif sıkıp sesinin tonunu aşağılara, benim olduğum yüksekliğe indirerek:

"Bir daha sakın sigara içme, tamam mı?"

Sessiz kalmıştım, kurmak istediğim her cümle, karanlığın içinde kaybolup gitmişti. Hayatım boyunca sigara içmemiş, içimden verdiğim sözü tutmuştum.

* * *

Hakan, kederli sesini, ufalanmış nefesiyle telefonun ucuna iliştirip yollamıştı.

"Dedem vefat etti..."

Telefonu kapattığımda, İsmet Amca'yla yaşadığım çocukluk anılarım evin her yerinde dolaşmış, pencereden giren serinlikle birleşip İsmet Amca'nın sesi gibi yüzümü okşamıştı. Yüzümde hafif bir gülümseme dudaklarımın arasında ince bir kürdan vardı. Hatırlamanın bir yöntemi, icat edilmiş bir formülü yoktu...

Gözlerimi kapatmış karanlığın içinde bir nefes almıştım...

Bi gece

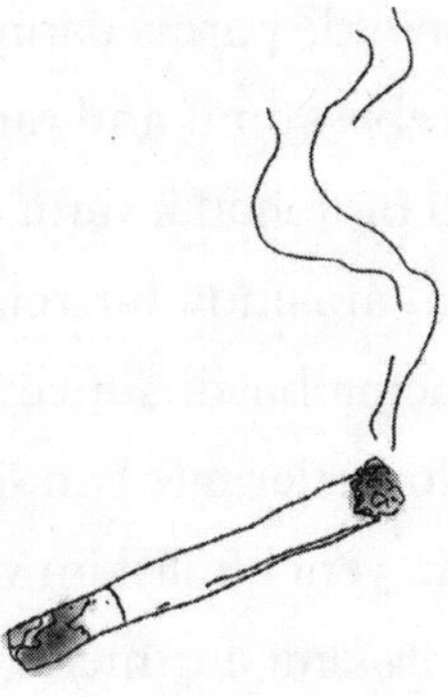

Karşı masada oturanın eski sevgilim olduğunu kahkahasından anlamıştım. Beni görmemişti; görseydi sırıtışını frenler, gülüşünü bayır aşağı yuvarlamazdı. Afili bir restorandaydık ve içerideki ciddiyet fazla hesap ödeyebilen insanların temsiliyetindeydi. Bakışlarımı filtrelemem gerekecekti zira masamda yanı başımda oturan iki aylık güncel sevgilim, kadınsal küçük dokunuşlarla durumu çözebilirdi. Hazır olmadığım bir anda, hazır olmadığım bir konudan sınava girmiş gibiydim. Bugüne kadar çizdiğim erkek profili üstümdeki takım elbisenin ütüsü gibiydi. Allah korusun, çift çizgili hatlar içimdeki çıplaklığı gösterebilirdi.

Modern hayatta böyle şeyler olabiliyordu ama o masada, o an kendimi çok ilkel hissediyordum.

Eski sevgilim kahkahasının tonunu düşürünce ani gülüşlerinden oluşan barikatlar dağılmış yanında oturan adam görünür olmuştu. Sesi sanki her yeri kaplıyor, bütün mekânın üstüne plastik bir muşamba seriyordu. Yanındaki adam, tam karşısında, mizansen gereği sevgilisi konumundaydı. İkisinin de parmaklarında birer yüzük, elmacıkkemiklerinde tebessümü andıran bir tepecik, oturuşlarında sahiplenici bir rahatlık vardı. Karşımdaki adam geçmişimle geleceğim arasında bir referans noktası gibi duruyordu. Böyle saçma bir düşünceyi daha önce cümle içinde kullansam lop etlerimle kendime gülerdim. Gülünecek bir şey yoktu, yeni bir ilişkim vardı, keyfim yerindeydi, soru işaretleri ilişkimi dürtmemişti.

Kalkıp gitsem, karnımda fokurdayan güveleri dinlesem, hesabı istesem, her şey yerli yerine oturacak, tarihe gömülecekti. Akıldışı bir durum bütün bedenimi ele geçirmiş, tanımlayamadığım bir merak duygusu oturduğum masayla işbirliği yapmıştı. Kendimle konuşmak istemiyordum; aklım kalkıp gitmek, bir bahaneyle bu durumu sonlandırmak istiyordu.

Suratıma kondurduğum kartonpiyer gülüşüm hiç inandırıcı gözükmüyordu.

Suratımdaki aptal gülümseme katilin cinayet mahalline geri dönmesine benzer şekilde ayna gibi suçumu gösteriyordu. Ortada yarım kalmış bir aşk hikâyesi mi yoksa söylenememiş bir cümle mi vardı? İnsan bazen hissettiklerini içindeki yazıcıya yazdıramıyordu. Varlığını bile hatırlamadığım resimler, cümleler nerede saklandıklarını bilmediğim bir yerden fırlıyorlardı. İçlerinde okumaya cesaret edemeyeceğim cümleler olduğu gibi yukarı çıktıkça içimi okşayan fotoğraflar da vardı.

Az pişmiş etimin kırmızılığı yüzüme değmiş, suratım ergen çocukların yanakları gibi al al olmuştu. Sevgilim bedenime yansıyan telaşı hissetmiş olacak ki;

"Aşkım iyi misin?"

"İyiyim."

"Hımm... Bu kadar hızlı yemek yemezdin de."

"Acıkmışım."

Hızlı yediğimin farkında değildim. Sorsan bir bardak su içmiş, ağzıma da bir lokmacık et atmıştım.

Gözümün ucunu değdirdiğim eski sevgilim de et yiyordu. Çok pişmiş sever, gerekli görmediği zamanlarda et yemez, yeşillikle karnını doyururdu. Bugün et yediğine göre sabah erken kalkmış, spor yapmış, yoğun bir gün geçirmişti. Onu görmeyeli üç yıl olmasına rağmen hâlâ vegan olamamış, yine bir şeyleri ertelemişti. Zaman birçok şeyi değiştirse de birbirimize değen şeyleri değiştiremiyordu. Eski sevgilim çok pişmiş etini keserken sanki baldırlarımı koparıyor, eti ağzında çiğnedikçe çiğnenen sanki et olmuyor da yüreğim sakız gibi yumuşuyordu. Soruya soruyla cevap verme hakkımı kullandığım için sıradan cümleler kurmaya karar vermiştim:

"Et çok güzelmiş."

"İyi misin?"

"Bir parça et vereyim mi?"

"Ben et yemem, bilmiyor musun?"

Aslında o an, o masada pek bir şey bildiğim yoktu. Bildiklerimi de unutmuş, bundan sonra bazı şeylerin eskisi gibi olamayacağını anlamıştım. Eski sevgilimle karşılaşmasaydım belki de hayat soracağı soruları eleyecek, bir sonraki sınavı bekleyecekti. Hayatın bana soru sormasına da gerek yoktu. Kendime soramadığım soruların cevapları sanki karşı masamda, iki masalık mesafedeydi. Oturduğum masada mutlu muydum bilmiyorum ama eski sevgilimin mutlu halleri mutsuz olmam gerektiğini hissettiriyordu. İnsan nasıl tel maşa bir varlıktı ki en basit anlarda bile hurdacıdan alınmış gibi paslı ve rutubetli olabiliyordu.

Eski sevgilimin beni görmemesi imkânsızdı. Tam karşısında retinasına değen bir açıdaydım. Benden farkı bu durumu kontrol edebilmeyi biliyor, kadınsal bir sezgiyle iki masalık mesafeyi gözden uzak diyarlara taşıyabiliyordu.

Tatlı siparişine geçmeden, eski sevgilim ağır çekimde masaların arasından geçerek lavaboya doğru yürümüştü. Bir esinti yüzümü yalayıp geçmiş sanki saçlarıma elleriyle dokunmuştu. Biraz önce içtiğim su dudaklarımda nemli nemli duruyordu. Tepemdeki ışık yüzüme değdikçe ağzımdaki ıslaklık, bebek önlüğündeki kusmuk gibi gözüküyordu. Suyu bir anda kafama dikmiş, çölde su görmüş kervancı gibi davranmıştım.

Masa örtüsü kıvamındaki peçeteyle ağzımın nemini kurulamış, elimdeki peçeteyi ayağa kalkışıma yedirmiştim. Masadan kalkmış, yavaş yavaş yürümeye başlamıştım. Ne yani arkasından lavaboya mı gidecektim? Bütün ahlaki kaygılarım on adımda karşıma çıkmıştı. Masadan bir hışımla kalkarken telefonumu da avuçlamıştım. Aklıma ilk gelen şeyi yaparak lavaboya varmadan telefonla konuşuyor gibi davranmıştım. Uzaktan çok komik, yakından şapşal gibi gözüküyordum.

Yalandan da olsa telefonda konuşuyormuş gibi davranmak çok zordu. Sağımdan solumdan geçen garsonlar sanki yalanımı yakalamış gibi sırıtarak bana bakıyorlardı. Daha fazla açık vermemek için arada karşı tarafı dinler bir tonda hı hıı, hımm diyordum. Bir taraftan da dinleme ciddiyetimi bozmadan eski sevgilimin olduğu tarafa bakıyordum.

Eski sevgilim lavabodan çıkınca topuklu ayakkabısının tak takları içimdeki ikaz düğmesini harekete geçirmişti. Sadece kafamla değil bütün hücrelerimle dönmüştüm. Kadınsal sezgilerinin para etmeyeceği, kaçamayacağı bir andı... Saniyenin dörtte birlik zaman dilimde bakışmıştık, susmuştuk; sanırsın yemiş, içmiştik. Zamanı durdurmak istemeyen bir hali vardı. Yeni bir an, yeni bir zaman aralığı yaratmak istemiyordu. Ellerini koyacak yer bulamayıp saçını düzeltişinden, ruhunu emanetçiye bırakmış gibi bedenini taşıyamamasından gitmek istediğini anlıyordum. Uzun uzun anlattığıma bakmayın, saniyenin hakkını veremeden yanımdan yine bir esintiyle yürüyüp gitmişti. Masasına doğru giderken ayakkabısından çıkan ses beynime murç gibi saplanıyordu.

Kendimi restoranın dışına attım. İhtiyacım olan şey temiz havaydı. Biraz önce yaptığım saçmalığı içime çektiğim havayla beraber yok etmek istiyor, bir şeylerin arkasına saklanıp birazcık orada kalmak istiyordum.

Önümde sigara içen vale o kadar keyifli gözüküyordu ki ağzını burnunu kırabilirdim. Nedensiz öfkenin altında yatan şeyler böyle trajikomik olabiliyordu.

"Bi sigara verebilir misiniz?"

"Tabii abi."

Vale bu anı beklemiş gibi cebinden çıkardığı sigarayı ağzına tıkmıştı. Ateş bulamamış, kendi sigarasıyla bana vereceği sigarayı öpüştürerek yakmıştı.

"Tiksinmezsin inşallah..."

Tiksinmezsin derken, parmak uçlarıyla kuruladığı sigarayı ağzıma tıkıştırmıştı.

"Tiksinmem, tiksinmem."

Gecenin ayazı içimi soyup soğana çevirmeden sigarayı içip içeri geçecektim. Kar hafiften serpmeye başlamıştı. Arabaların üstüne pudra şekeri dökülmüş gibiydi. Böyle bir geceye de böyle bir dekor yakışırdı.

"Bir sigara da ben alabilir miyim?"

"Tabii abla."

Eski sevgilim de dışarı çıkmış, masasına varmadan arkamdan gelmişti. Vale eski sevgilimin sigarasını da öpüştürerek yakacakken, sigarayı elinden almış, kendi dudaklarımla yakmıştım. Valenin aynı soruyu tiksindirerek sormasını istememiştim. Ben, eski sevgilim ve vale konuşmadan sigara içiyorduk. Üflediğimiz duman komik bir görsel yaratıyordu. Eski sevgilim ruj olmuş sigarasına bakarak:

"Sigaraya başlamışsın."

"İlk kez içiyorum. Öhööö. Sen başlamışsın ama... Öhööö."

"Ben de ilk kez içiyorum öhöö..."

Karşılıklı öksürüyor kadın erkek sesinin farklı tonlarda çıkardığı seslere tanık oluyorduk. Öksürük sesi geçmişimizi tanımlıyordu. Vale öksürmüyordu, içine çektiği dumanı daha önce hücreleriyle tanıştırdığı için sararmış dişlerinin arasından huzurla yollayabiliyordu. Sigaranın bitmesini istemiyordum. Utanmasam valeden bir sigara daha isteyebilirdim. Eski sevgilimle bir an göz göze geliyor, sigaranın dumanını birbirimizin dudaklarına üflerken öpüşecek gibi oluyorduk.

"28 geliyorrr..."

Valenin sesi dumanlı atmosferimizi bozuyor eski sevgilim koşar adım içeriye gidiyordu. Valenin ağzını burnunu bu kez gerçekten kırmak istiyordum. Ayrıca bu öfke nedensiz değildi, gayet tahrik indirimine sebep olacak cinstendi.

Elimdeki sigara anlamsızlaşıyor, kokusu bütün bedenimi baştan aşağı yıkıyordu. Telefonum acı acı çalıyor, içerde masada bekleyen güncel sevgilim beşinci cevapsız aramasını yapıyordu.

Elimde telefon, üstümde takım elbise, saçlarımda dumanlı bir görüntü masalara doğru yürüyordum. İçeriye girince, suratımda cümlelerin betimleyemeyeceği bir ifade beliriyordu. Masamda, oturduğum sandalyede; eski sevgilim, yanında sevgilisiyle bayram ziyaretine gelmiş gibi oturuyorlardı. Beyin böyle anlarda görsel alıcıların tersine, anında karşılık veremiyordu.

Masamda sevgilim, eski sevgilim ve adını bilmediğim bu adam ne yapıyorlardı? Masaya yaklaşırken tedirginliğimin sesini duyabiliyordum. Gelişimi gören sevgilim ayağa kalkarak:

"Aşkım gel gel. Bak üniversiteden arkadaşım Ümit, uzun zamandır görüşemiyorduk. Bu da nişanlısı, pardon isminizi unuttum..."

"Merhaba."

"Hafta sonu düğünleri varmış, gideriz aşkım değil mi?"

Boğazıma yerleşen sigara tadını nefesimle temizleyerek;

"Öhööö... Gideriz."

Bence Sefa...

Gözlerini dikmiş arsızca bana bakıyordu.

Arsızlığı aramızdaki ilişkinin zamansal yolculuğuyla ilgili değildi. Arsız olduğu zamanlar gözlerini bana diker, benimle dalgasını geçip kedilik görevlerini asla yerine getirmezdi. Kedinin görevleri mi olur, demeyin. Hani kendini iki sevdirir, yalandan mauvv der, oyun icabı da olsa suçluluk duygusu yaratır ya, ondan diyorum.

Her ilişkiyi özetleyen şeyler, cümleler vardı. Bizim ilişkimizin özeti de bir kediydi...

Kedinin, yani kedimizin eve ilk geldiği tarihi çok iyi hatırlıyorum. Nasıl unutabilirdim ki ilişkimizin ikinci haftası, beraber yaşayabileceğimiz günlerin ilkiydi. Sevgilim bavulu, diş fırçası, bir de yeni aldığı yavru kediyle evime yerleşmiş, ilişkimize kabartma tozu koymuştu. Sevgililer böyle şeyler yaparlardı; bu kedilerin kokularını her yere bırakmaları gibi bir şeydi.

Salonda ilk göz göze geldiğimizde kedilik duygularıyla bana mırr demiş, takla atmış sevinmiş ve asla bir daha yapmayacağı tek oyunluk gösterisini sunmuştu.

"Sevgilim, kedinin adı ne?"

"Adını beraber koyalım istedim?"

Kedinin cinsi tekirse konulacak adlar belliydi aslında...

"Ne olsun kedimizim adı?"

Beklemeyi seven ruh halim burada da kendini göstermişti.

"Bence bekleyelim, karakterini görelim ona göre bir isim veririz."

"Bence ceviz olsun."

"Ceviz mi? Ceviz diye kedi ismi mi olur?"

"Evet. Ben çok seviyorum ya cevizi. "

Evime bir kedi gelmişti, koltuğuma, kitaplarıma sırnaşmıştı. İsmine beraber karar verelim derken, önceden yazılmış bir metin önüme konulmuştu. Ayrıca ben cevizi hiç sevmem ki, ağzımda yara yapıyor... Ceviz aşağı, Ceviz yukarı, üç kişilik bir hayatımız vardı artık. Ceviz'in karakteri ortaya çıkınca, içindeki yan gel yat Osman'ı görünce cevizin onun için uygun bir isim olmadığını anlamıştım.

"Ceviz, gel canım benim."

" Mırrr..."

Varlığını az enerji harcamak, hava cıva yapmak ve karşısındakini adam yerine koymamak üzerine kurgulamıştı. Doğası mı böyleydi, yoksa bütün derdi tasası ben miydim? Oysa ilk geldiğinde beni sevdiğini, eve renk katacağını düşünmüştüm.

"Sevgilim bunun ismi Sefa olsun."

"Efendim?"

"Sefa olsun."

"Sefa mı? Sefa diye kedi ismimi olur ya?"

Ona verilecek en güzel isimdi. Ayrıca Ceviz oluyorsa Sefa da olabilirdi. Çocuklarına saçma sapan isimler koyan ebeveynler gibi olmak istemiyordum. Gururla taşıyacağı bir isimdi Sefa. Ruhuyla, kuyruğuyla, patisiyle ismini hak ediyordu. Ben Sefa dedikçe sanki bakar gibi oluyor, bir ara görüşürüz diyerek tekir totişini dönüp gidiyordu.

Sevgilimle ilişkimiz demleniyor, bekledikçe sertleşiyor ağızda işlenmemiş bakır tadı bırakıyordu. Sefa, bunların hepsine şahit oluyor, gözlerindeki çakırlıkla çaktırmadan bakarak hikâyenin sonunu özetliyordu. Evimde misafir konumunda, bir kedinin ev sahipliğinde yaşıyordum. Koltuğum, yatağım, evin her köşesi onundu. Rica minnet kaba etini kaldırdığında kendime yaşayacak bir alan bulabiliyordum.

Sevgilimle ilişkimiz zaten tadını tuzunu bırakmış, kötü bir yemeğin arkasından içilen beklemiş çaya dönüşmüştü.

"Ceviz!"

"Sefaa!"

"Ceviz!"

Kavgalarımızı anlatmak istemiyorum çünkü mesele ne Ceviz'di ne de Sefa. Biten bir ilişkinin uzatma dakikalarını yaşıyorduk. Birbirimizi acıtmanın yollarını bulmuş, Sefa olsun Ceviz olsun içerikten yoksun bir laf kalabalığı yaratmıştık.

"Ceviz."

"Sefaaa."

* * *

Her ilişki bitmeye mahkûmmuş denir, bizim ilişkimiz de bitmiş, sevgilim bavulunu, diş fırçasını alıp gitmişti. Sefa mırrr diye kalmıştı kapanan kapının arkasında...

"Mırrrr."

Sevgilimin yani eski sevgilimin arkadaşlarına, akrabalarına haber salmış, Sefa'yı almasını iletmiştim. Ne geri dönmüş ne de haber yollamıştı. Sefa maytap geçen renkli gözleriyle bıyık altından bana gülüyordu.

"Ne gülüyorsun?"

"Mırrr"

Ev sessizleşmiş, Sefa'da misafir olduğumu iyice hissetmeye başlamıştım. Altı aydır beraberdik ama Sefa'yla aramızdaki ilişki mamasını, suyunu vermemin ötesine geçmemişti.

"Beni sevmiyor musun?"

"Mırr."

"Tamam tamam."

"Mırrrrrrr."

Dediğim gibi gözlerini dikip arsızca bana bakıyordu. Biten bir ilişkinin yarattığı sessizliği Sefa'nın patilerinin parkede yarattığı asap bozucu ses yok ediyordu. Sefa ilişkimizin özeti gibiydi. Mamasını verirken kavgalarımızı, kitaplarımı kemirirken bol gülüşlü günlerimizi hatırlıyordum.

Bekledim, tam üç ay bekledim. Sefa bekledi mi bilmiyorum. Uyuyamadığım gecelerde o fosur fosur uyudu. Dertlendiğim saatlerde yalandı paklandı, konuşmak istediğimde de mırr dedi. Zaman aktı geçti, Sefa büyüdü, evin tapusunu üstüne geçirdi...

Bunaldığım, daraldığım bir gece Sefa'yı arabaya atıp başka bir mahallede huzurla yaşayabileceği bir yere bırakmıştım. Besledim, büyüttüm, ismini verdim daha ne yapabilirdim ki... Aklımdan Sefa'yı arkadaşlara, dostlara vermek geçse de isminin varlığı, yakınlığı hafızamda anıların dosyasını tekrardan açacak, unutmaya çalıştığım bir zaman dilimini donduracaktı. Nerede olduğunu bilmemek daha iyiydi.

Sefa'yı bıraktığım gece eve geç gelmiş, duşumu almış, sakinleşmiş, yatağa kendimi atmış, yeni hayatıma uykuyla başlamak istemiştim. Uykumun en çaresiz yerinde bir şeyler beni uyandırmıştı. Sanki kulağıma bir şeyler fısıldanmıştı. Hızla üstümü giymiş, yola çıkmıştım. Kulağımdaki fısıltı kendi sesimdi. Sesim kulağımdan aşağıya inmiş kalbimle karnım arasında kendine yeni arkadaşlar bulmuştu.

Sefa'yı hiç sevmediğimi, sever gibi yaptığımı bağırıyorlardı. Hatta daha ileri gidip sırf sevgilim istedi diye kedi seven adam rolüne büründüğümü de tepinerek haykırıyorlardı. Bunlar kimlerdi, amaçları neydi bilmiyorum. Kendimi bildim bileli oramda buramda konuşur dururlardı. Sefa'yı sevmediğim, sever gibi yaptığım aslında doğruydu. Bu arada bu içimdeki şakçakçılar genelde doğru söylerlerdi. Sefa'yı hiç sevmemiştim ve ondan beni sevmesini istemiştim. Koca koca cümlelere gerek yoktu. Bazen bir kedi hayatla ilgili bir şeyler keşfetmemizi sağlayabiliyordu.

Sefa'yı bıraktığım sokağa gelmiştim. Arabadan inmiş, onu bıraktığım yere doğru yürümüştüm. Onu bulamayabilirdim. Sokaklara alışkın değildi, başıboş köpekler onun için büyük sorundu. Ben böyle düşündükçe vicdanım vicdan olmaktan çıkmış, ağzımı burnumu dağıtmıştı. Büyük çöp bidonlarının yanına gelince Sefa'yı görmüştüm. Bacak bacak üstüne atmış, nerede kaldın der gibi mıır demişti. Yüzündeki ifadede hayatı yalamış yutmuş bilge insanların parıltısı vardı. Geleceğimi biliyordu ve onu sevmediğimi ilk göz göze geldiğimizde anlamıştı. Ben hiçbir şey anlamamış, hayatı gelişine küçük paslarla taca atmıştım.

Eve geri döndüğümüzde artık bir şeyler değişmişti.

Sefa'ya iyice alışmış, misafirlikten terfi etmiş, kendi odama tekrar yerleşmiştim. Bakışlarımızla yarattığımız bir anlaşma vardı artık. Birbirimizi seviyorduk ve sever gibi yapmıyorduk. Sefa büyüyor, kuyruğunun arkasındaki lop et kafasının büyüklüğünü geçiyor, adının hakkını veriyordu.

Biten ilişkimi unutmuş Sefa'ya alışmıştım. Hayat daha renkli, içimdeki şakşakçılar daha sessiz, Sefa da daha şişkinceydi. Keyfim yerindeydi gülüşlerimi biriktirmiyor, hoyratça harcıyordum. Bulutların, yolların, insanların rengini sanki biri açmıştı. Işıl ışıldı her yer. Bir şeyleri unutabilmenin verdiği bir renk vardı galiba...

* * *

Dostlarla güzel bir yemek yediğinizi düşünün, gülüşünüzün bütün mekâna yettiğini hayal edin ve hayal etmeye devam edin. En keyifli anınızda eski sevgiliniz ararsa ne yaparsınız? Hemen anlatayım; gülüşüme devam eder, telefonun iki defa daha çalmasına izin verir, aynı gülüşümü dondurarak telefonun önemsiz olduğunu masadakilere hissettirerek oradan uzaklaşırdım. Boğazımı temizler, sesimin ayarlarına hafif mesafeli bir ton koymayı da ihmal etmezdim. İnsanın keyfi yerinde olunca, hayat da yolunda gidince roller değişiyordu. Bu saatte eski sevgiliniz arıyorsa ya canı sıkkındır ya da sizi çok özlediğini mırıldanacaktır. Bunları dediğime bakmayın, bu kadar egolu tanımlamalar, gerçeğin karşında mizansen kalıyordu. Ellerim terlemiş, sesim bulutlanmış, ne diyeceğimi bilememek korkutmuştu.

"Hım Alo."

"Alo. Kusura bakma, bu saatte rahatsız ediyorum."

"Önemli değil."

"Kusura bakma. Hiç konuşamadık biliyorum. Ben Ceviz'i merak ettim de."

"...."

Tam bir yıl sonra beni aramış, nasılsın dememiş, her şeyin yolunda gittiği bir zamanda kedisi aklına gelmişti.

"Ceviz sende hâlâ değil mi? Onu çok özledim de acaba bir ara görebilir miyim?"

"Alo... Alo, orda mısın?"

Sessiz kalmış bir cümle kuramamıştım.

"Aloo orda mısın?"

Telefonu kapatırken kurduğum tek bir cümle vardı:

"Bence Sefa..."

Sessizlik

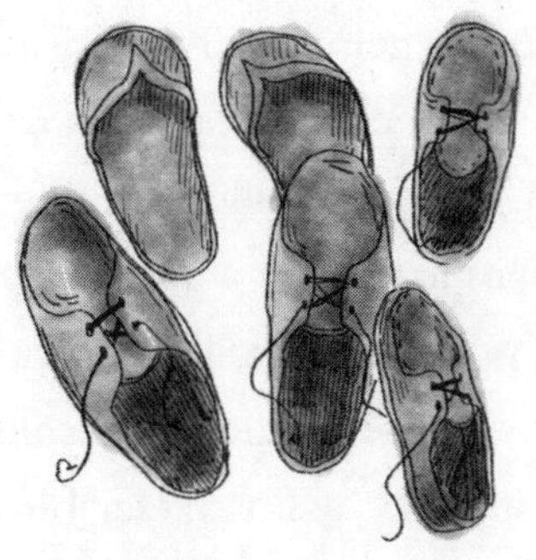

Bir kış günü... Ankara'nın üstüne sanki buzhane yerleştirmişler, üfür üfür üfürüyordu. Sokakları ince ince, beyaz beyaz işlemişti kar... Çatılar yeni gelin dantelleri gibi masumiyeti resmediyordu. Uyanmamak için yatağın içinde demleniyordum. Kıçımın dışarıda kalan lop tarafını da içeri çekip uyumaya çalışırken dışarıdan sesler geliyordu. Mahallenin içinde cılız, tatsız sesler senfonisi dolaşıyordu. Kafamı uykulu halde cama dayayınca buğulu cam, sesleri kesmiş görüntüyü yarı çapaklı gözlerime yollamıştı. En iyi arkadaşlarımdan Selim'in babası ölmüştü. Bütün mahalle birbirine ölümün sessizliğini haber veriyordu. Botumu gocuğumu üstüme geçirmeden sokağa fırlamış, annemin anne sesiyle geri dönmüş ve temsili kıyafetlerimi giymiştim.

Selimlerin kapısının önündeki ayakkabılar sanki evin içindeki acıyı resmediyordu. Herkesin bir anda geldiği çok belliydi. Kim ayağına ne geçirdiyse giymiş, ölümün karşısında komşuluk duyguları parmak arası terliği bile görmezden gelmişti. İçimden "ah anne şimdi demezler mi, ölü evine botuyla gocuğuyla gelmiş" diye geçiriyordum, kim ne der duygusu ölü evine bile girmişti. Zili çalınca küçük bir kız çocuğu kapıyı açmış, küçüklüğüyle ölümün gerçekliğini hissettirir gibi Selim'in olduğu odayı işaret etmişti. İçeriye girdiğimde Selim ve bizim mahallenin çocukları bir odanın içinde, sessizlikle ölümü hafifletmeye çalışıyorlardı. Yan odada Selim'in annesi, yaşlı teyzeler bir yandan ağlıyor bir yandan da kimsenin anlayamayacağı ağıtları Selim'in ölen babasına yolluyorlardı. Tam karşımızda bir oda vardı, orada da yaşlı amcalar, dayılar ve mahallenin tanıdık yüzlü abileri yerdeki halıya bakıyor, kafalarını yerden kaldırmıyorlardı. Halının üstünde herkese ait bir motif vardı. Ölüme verilecek sessiz tepki, geometrik şekilli halıda kendini buluyordu. "Başın sağ olsun Selim" diyordum, "Sağ ol" diyordu. Ölüm karşısında söylenecek başka bir cümlem yoktu. Ben de kafamı yere eğiyor, yerdeki halıda kendi iç dünyama uygun geometrik bir şekil yakalamaya çalışıyordum. Çaylar geliyor, ağlamalara çay molası veriliyor, benimle beraber eve koşan mahallenin çocukları ölüm karşısında açlıkla imtihan ediliyorlardı. Ağzımıza tek lokma sokmadan çocuksu gönlümüzle ölümün karşısında saf tutmak istiyorduk. Kafamızı kaldırmadan birbirimizi anlayabiliyorduk ve midemizden gelen gurultular taziye seslerini bastırıyordu. Neyse ki akça pakça bir teyze önümüze kuru pasta, çörek koymuştu. Acı çekilen bir yerde nefsine ilk yenik düşen olmak istemiyorduk. Çaylar tazeleniyor, Selim kafasını kaldırıyor "Yesenize oğlum" diyordu. Babasız kalan Selim bizim babamız oluyordu.

İlk hamleyi kim yaptı hatırlamıyorum ama bir talan duygusuyla parmaklarımızı birbirimizin ellerine vurarak yediğimizi hatırlıyorum. İnsanın bedenine ufacık bir çocuk gizlendiğinde onun küçücük bir sırıtışıyla hayatın en gerçek anı bile bir anda çocuksulaşıyordu. Selim gülüyordu, biz çörekleri ağzımıza tıktıkça o da gülmekten tıkılıyordu. Bilimin, psikolojinin vereceği tüm cevaplara inat Selim çocuk olmakta ısrar ediyordu. Selim gülünce şaşırmamız kısa sürmüş biz de salya sümük gülmüştük. Çay getiren akça pakça teyze "Şşşştt ayıp, oğlum bugün senin baban öldü" diyerek Selim'e ve bize ölüm karşısında nasıl durulması gerektiğini öğretiyordu. Selim gülmeye devam edince, "Selim, biraz hava alalım mı?" demiştim. Yüzümüzdeki parıltı, çocuk olmanın ölüm karşısındaki zaferiydi. Kimseye söylemeden montumuzu gocuğumuzu bir hırsız gibi çalarak sokağa fırlamıştık.

Sokağa fırlayınca hep beraber koşuyor nereye neden koştuğumuzu bilmeden Selim'in peşinden gidiyorduk. Selim en önde bize sokak aralarında rota belirliyor, kış günü terlikle gelenler eşek atlar gibi üç sokak fark yiyorlardı. Yorulunca bir yere çöküyorduk ve biliyorduk bugün Selim ne derse o olacaktı. "Ee, napalım?" demiştim, Selim acılı gözleriyle beni takip edin dercesine önden önden yürümüştü. Önce atari salonuna gitmiş oyun oynamış, bizden küçüklerin oyununu omuz darbesiyle çalmış, Selim'e her oyunda yenilmiştik. Bilardo salonuna yaşımız tutmasa da abi selamı götürerek içeri girmiştik. Selim ne hissediyor ne yaşıyordu bilmiyorduk, her şeyi de bilemezdik, hatta bilmesek daha iyiydi. Boyumuz kadar bilardo sopalarından sıkılınca kendimizi yine sokaklara atmıştık. Bir çocuk önümüzü kesmiş, "Selim abi herkes evde seni soruyor" demişti. Selim de "Tamam sen eve git, ben geliyorum" diyerek acısını bizimle yaşamak istediğini ağzından çıkan soğuk havaya inat Ankara sokaklarına yollamıştı. Biz onun en iyi arkadaşlarıydık ve içimizdeki çocuklar zaten kardeşti. Mahalleye doğru yürürken nedensiz gülüşler Ankara'nın soğuğuna iyi geliyordu. Nedensiz gülüşler içimizin en doğal ısınma aracıydı, bir gülüşle çatılardaki karlar eriyip çiçekler açıyordu. Biz gülerek yürüdükçe mahallenin esnafı tek gözüyle Selim'i süzüyor, "Babası ölen çocuk böyle mi davranır?" diyorlardı. Bakışlarda gizlenen insanlık ayıbı, kendini her acıda, her mutlulukta yeniliyordu.

Selim'in amcası çat diye karşımıza çıkmıştı. Selim'i gülerken görünce kalın kaşlarını öyle bir çatmıştı ki çatılardaki karlar buz tutmuştu. "Ayıp değil mi? Ne işin var dışarıda? Senin bugün baban öldü" demişti kalın kaşlarıyla beraber... Selim sessizce başını eğmiş, belki de yerde, karların arasında bir halı motifi aramıştı. "Eve gidiyordum, Amca" demişti. Çocuk olan bedenlerimiz Selim'in sessiz ama içimizi yakan sesiyle kocaman adam olmuştu. Selim askere gitmiş, Hakan evlenmiş, Veli de çoktan çoluk çocuk sahibi olmuştu... Adam gibi yürümeye başlamıştık. Herkes acının karşısında nasıl durulması gerektiğini söylerken, Selim hepimize çok daha anlamlı şeyler söylüyordu. Amcası cenaze işlerini halletmek için başka bir sokağa sapınca, Selim gözlerimizin içine bakarak "Eve gitmeyelim" demişti. Selim ne derse onu demiştik ve iyi ki de demiştik... Kendimize kuytu bir yer bulunca, saçma şeylerden konuşmaya başlamıştık. Gözlerinizi kapatıp çocuk olduğunuz günlere gitseniz birkaç cümleyi getirseniz, ne getirirsiniz bilmiyorum ama Selim'in anlattıklarına benzeyeceğini biliyorum.

Karnımız acıkınca cebimizdeki son demir paralarla gazoz, cips falan almıştık. Herkes âşık olduğu kızı anlatıyor, yalanlar arası yine gülüyorduk. Bir çocuğun yalanı kadar masum durmuyordu Ankara'nın soğuğu... İçimizden biri mahalleli görmesin diye gözcülük yapıyordu. Aman birileri görmesin, aman birileri ne der diye, cips paketini bile hışırtısız açıyorduk. Selim âşık olduğu kızı anlatmaya başlayınca, hepimiz anlattıklarına inanıyorduk ve inanmak istiyorduk. Gözümüzün önünde Selim, Kerem oluyordu, Mecnun oluyordu. Biz de yalancı olmayı kabullenip yaşamadığımız şeyleri sırf komik olsun diye gazoz eşliğinde sıralıyorduk. Selim gazozu kafasına dikerken gözlerini bulutlara dikiyor kafasını indirince acılı ama gülen gözleriyle bize bakıyordu. Bulutlara bakınca belki de babasının oradan ona baktığını düşünüyordu. Belki de babası bulutların arasından ona gülümsüyordu, Selim'in hepimize gülümsediği gibi... Biz konuşmaya başlayınca Selim susuyor, sadece gülümsüyordu. Bir şeyler anlatıyordum ve ne anlattığımın bir önemi yoktu, önemli olan acıya karşı gösterdiğimiz ortak duruştu. Çocuktuk, orada soğuk bir taşın üstünde çocuk kalmak istiyorduk. Herkesin çocuk kalmak istediği zamanlar olmuştur. Büyük acılar yaşamış çocukların bile, büyüyüp her şeyi yenip tekrar çocuk olmak isteyeceklerini düşünürüm. O taşın üstünde oturup beraber gazoz içseydik siz de aynı şeyleri düşünürdünüz. Veli, içimizde en sessiz olanımız "Lan ayılar, sabah çörekleri nasıl yediniz?" deyince, yine koro halinde bu kez birbirimizi yumruklayarak gülmüştük. Güldükçe ağzımın içindeki cipsler havaya saçılıyor, şerefinize der gibi gazozu kafama dikiyordum.

Selim kafasını bulutlardan indirmiş, gözleri dolu dolu "Şşşşt, sessiz olun lan!" demişti. Susmuştuk ve hep beraber "Selim iyi misin?" demiştik. Selim o gün hepimizin babası, abisi, vicdanı her şeyden önemlisi kalbimizin yarısıydı.

"Sessiz olun lan! Bugün benim babam öldü."

Merhaba

Evden çıkarken gözüm posta kutusundaydı. Yirmi yıllık mektup arkadaşım bana yazmayalı altı ay olmuştu. Yirmi yıllık alışkanlık, yirmi yıllık bir tarih vardı ortada. Mektup arkadaşım; kişisel tarihimin en önemli olaylarına şahit, kendime bile anlatamadığım binlerce kelimenin, cümlenin öznesiydi.

Yirmi yıl önce bir okul çalışmasında tesadüfen birbirimize değmiş, aramızdaki beş yüz kilometrelik mesafeyi cümlelerimizle beyaz bir sayfaya sıkıştırmıştık. Edebiyat öğretmenimiz elindeki poşeti tombala çeker gibi sallamış, bütün sınıfa birer mektup arkadaşı bulmuştu. Hepimize saçma, yorucu ve gereksiz gelen bir çalışmaydı. Mektup yollamak, benim için yılbaşında simli Noel Baba kartlarının arkasına iyi yıllar yazmaktan öteye geçememişti. Bütün sınıf oflaya poflaya dersin son yarım saatinde tanımadığı birine mektup yazmıştı. İnsan tanımadığı birine ne yazardı ki; "merhaba" yazarsın, "iyi misin?" yazarsın, nokta koyarsın, beklersin, düşünürsün, sonra da kendini anlatırsın... İki sayfalık mektubun tamamında kendimi anlatmıştım. Kim olduğunu bilmediğim birine bir şeyler yazmanın zorluğunu anlamıştım. Sınıfta herkes bir şeyler karalamıştı. İşi yarım sayfayla bitirenler de vardı uzun uzun Beşiktaş-Fener maçının özetini yazanlarda. Kurallara uygun yazmamız önemliydi. İçerik ikinci planda kalmıştı. Sayfanın bilmem kaçını cetvelle çizip mimari bir sayfa düzeni yaratmamız gerekiyordu. Oldum olası bu kuralları sevmediğim için yaparken çok sıkılmıştım. İnsanı yazmaktan soğutan ne varsa hepsi mektup yazmanın içine tıkıştırılmıştı. Yazdığımız mektupları zarfların içine koymuş, öğretmenin verdiği adresi zarfın üzerine yazmış, bütün sınıf postaneye giderek oy kullanır gibi sırayla mektupları yollamıştık. Günümüz teknolojisini kıskandığım zamanlar vardı: Postanede bütün sınıf pulları zevkle yalayıp yapıştırırken toplu bir özçekim (selfie) alabilseydik, çok makbule geçerdi.

Yolladığımız mektupların karşılığı belli bir zaman sonra evlerimize gelmişti. Evde hafif gevrek bir kıvamda gelen mektubu okuduğumu hatırlıyorum. Yemeğimi yemiş, hafta sonu tatilinin verdiği rahatlıkla mektubu yatakta okumuştum. Ne yalan söyleyeyim, küçük kız çocuğunun yazdığı mektubu küçümseyerek açmıştım.

"Merhaba" diye başlıyordu. Kendimi anlatmama takılmamış, kendini anlatmadan cümleleriyle odamda var olabilmişti. Yaptığı şey kendi yeteneği miydi yoksa cümlelerle arası iyi olan herkes böyle bir duygu yaratabiliyor muydu, bilmiyordum. Cümlelerini, yazdığı şeyin samimiyetini günlerce düşünmüştüm. Tanımadığı birini kendi cümleleriyle hayal etmek ilginç gelmişti. Gözlerini, sesini, yüklem niyetine koyduğu eylemin hayatındaki karşılığını merak etmiştim.

Vakit kaybetmeden kırtasiyeden bir deste beyaz kâğıt alıp oturup yazmaya başlamıştım: "Merhaba."

Bir heyecanla yazmış, kendimi anlatmadan kendimle ilgili yüzlerce kelimeyi ona armağan etmiştim. Cümlelerimi paylaşmak, gördüğüm resimleri cümlelere dökmek iyi gelmişti. Ruhumun gizli odaları açılmış, yeni kapılar yeni koridorlarla birleşmişti. Ona yazdıkça kendimi tanımış, yeni benle hatırı sayılır bir dostluk kurmuştum. Yazdıkça daha insan, daha kendim olduğumu hissetmiştim. Bazen bir ekmeği, bir acıyı paylaşırsınız bazen de cümlenin ardından gelen manayı... Kim olduğumuzun bir önemi yoktu, cümlelerimiz her şeyi anlatıyordu. Zaman geçtikçe cümlelerimiz birbirini tamamlamaya başlamıştı. Bir anlaşma yapmıştık; asla birbirimize fotoğraflarımızı yollamayacaktık. Teknoloji ilerleyecek, internet kişisel bilgiler bankası haline gelecek, birbirimizi oradan bulmayacak, bulmak istesek de bulamayacaktık. İkimizin de elinde bir adres, bir isim, bir soy isim ve hepsinden daha değerlisi, cümlelerimiz vardı.

Lise bitmiş, üniversite başlamış, hayatımıza yeni insanlar, yeni duygular girmişti. Bir kafede buluşup çay içmeyi istemek, kurduğumuz bütün cümleleri çöpe atmak demekti. Belki ikimiz de birer sahtekârdık; olmadığımız birini oynamıştık birbirimize. Olmak istediğim bir adamın cümlelerini yazmış olabilirdim ona... Elli yıl evli kalan çiftler yılların yaşamışlığıyla nasıl birbirlerine benziyorlarsa, bizim de cümlelerimiz birbirine benziyordu. Beş yüz kilometre uzakta bana benzeyen birinin var olması, yalnız olmadığım duygusunu hissettiriyordu. İnsan yalnız bir varlık değildi, olmamalıydı bunu yirmi yıl önce ilk mektubu okuduğumda hissetmiştim. Edebiyat öğretmenim sağ olsun, okulda öğrettiklerinden daha özel bir şey vermişti bana. Sınıftakiler ikinci mektubu yazmışlar mıydı hatırlamıyorum ama benim şansım hocanın çektiği kuraydı.

Evden çıkarken gözüm yine posta kutusundaydı. Neden yazmamıştı? Bu soruyu kendime sormak istemiyordum. Sakladığım ajandada yolladığı mektupların tarihlerini kaydetmiştim: En fazla iki ayla üç ay içinde yanıt gelirdi. Yazdığım son üç mektubun üstüne bir mektup daha yazıp yollamıştım. Adresi değişse hemen haber verirdi. Beş yıl önce evlenmiş kısa süre sonra da boşanmıştı. Evlendiğinde bile birbirimize mektup yazabilmiştik. Kocası yazdıklarımızı görmüş müydü, kıskanmış mıydı bilmiyorum. Bunları bana hissettirmezdi. Eski kocası yazdıklarımızı okusa iki iyi insanın daha iyi insanlar olabilme çabasını görürdü. Belki de yeni bir evlilik daha yapmıştı. Kocası kıskançtı ve yazdıklarımızı okumuştu. Aile içi şiddetin ana konusu olmak istemediğimden bu saçma düşünceleri kafamdan atmıştım.

Evden çıkarken gözüm yine posta kutusundaydı. Kafamdaki sorularla dolaşmak istemiyordum. Kendimden beklenmeyen bir çabuklukla bir plan yapmıştım. Mektup arkadaşım İzmir'de yaşıyordu, yirmi yıldır aramızdaki beş yüz kilometreyi kısaltmamıştık. Küçük bir tatil planı yapıp asıl planımın dekoru haline getirecektim. Elimde bir adres, bir de gerçekliğinden emin olamadığım bir isim ve soy isim vardı. İzmir'de adrese yakın bir otele yerleşmiştim. İçimdeki heyecanı bastırmak için tatile geldim numarasını kendime bile oynuyordum. Gizli bir örgütün peşindeki ajan gibi hissediyordum kendimi... Kafamdaki hasır şapka ve şortum, içimdeki hafiyeyi gizliyordu. Karşısına çıktığımda ne diyecektim, bütün gün provasını yapmıştım. Kalbimle dilim arasına sıkışmış, heyecanım her yutkunduğumda pişmanlık yaratıyordu. Belki de geri dönmeli, buraya hiç gelmemeliydim. Ben de kalanlarla, hafızamın okyanusuna bıraktığım cümlelerle yaşamayı öğrenmeliydim. Bilmemek cahilliği getirmeyecekse, aslında güzeldi. Saf bir mutluluğu vaat ediyordu.

Suratını bilmediğim için yüzünün ne kadar değiştiğini, gözaltlarının ne kadar kırıştığını anlayamayacaktım. Adını defalarca internete yazmama rağmen işi dışında ne bir foto ne de detaylı bir bilgi bulabilmiştim. Sanki hiç var olmamış gibi bir anda çekip gidemezdi.

İzmir'deki ikinci günümde vakit kaybetmeden elimdeki adrese gelince heyecanımı bastırmak için mektup yazarken yüzüme kondurduğum tebessümü yerleştirmiştim. Zile basmış, beklemiş, zile basmış, beklemiş, kimse kapıyı açmayınca karşı komşunun zilini çalmıştım. Kapıyı yaşlı bir teyze açmıştı. Yaşlı teyze evin boş olduğunu, ismini hatırlamasa da komşularının taşındığını söylemişti. Zilleri çalıp teker teker sormuştum. Sordukça özgüvenim geliyor, sorularımı daha detaylı sorabiliyordum. Kimse nereye gittiğini bilmiyordu. Mektuplardan hatırladığım kadarıyla bu eve taşınalı iki yıl olmuştu. Komşuların verdiği cevapları birleştirdiğimde yalnız yaşıyordu. Evlenmemiş, çocuk sahibi olmamıştı. Bir rahatlama, bir huzur vardı bedenimde. Kendime bile itiraf etmediğim bir nevi ilkel kodlarımdan gelen bir sahiplenmeyi hissediyordum.

Bakkala, manava, mahalle emlakçısına sorduğum sorunun bir cevabı yoktu. Bir hafta sonra eve dönmüştüm. Gözüm yine posta kutusundaydı. Bu işi içimde sonlandırmam gerektiğini düşünürken, kilitle elimdeki anahtarlık arasında kapıya sıkıştırılmış beyaz bir kâğıt duruyordu: "Merhaba... Ben mektup arkadaşın... Bir haftadır her gün geldim ama seni bulamadım. Biliyorum, altı aydır mektup yazamadım. Ev adresim değişti. Eğer bu pazar müsait olursan şu çok sevdiğin kafe vardı ya, orada buluşalım. Özrümü kabul edersin umarım, saat 14'te..."

Biri bana şaka mı yapıyordu yoksa zihnimle kendime bir oyun mu oynuyordum? Bir daha gelir umuduyla o gün evden hiç çıkmamıştım. Pencerenin kenarından yolu gözlemiş, arada sokağı turlayıp takip eden birileri var mı diye keşif yapmıştım. Bütün gece neredeyse uyumamıştım. Pazar kahvaltısını bile yarım yamalak yapmış, erkenden buluşacağımız kafeye gitmiştim. Allah'tan tatili uzatmamıştım; içimdeki metafizikçiler yine doğru bir hesaplama yapmışlardı.

Kafeye girerken gözlüklerimin arkasına yaslanmış, gözlerimle mekânı taramıştım. Belki o da erken gelmiş bir masaya oturmuştu. Pazar kalabalığı dışında gözüme takılan bir şüpheli yoktu. "Bir çay alabilir miyim?" Garson ne dediğimi anlamamış gibi yaparak, buyur abi deyip elindeki kâğıdı masaya bırakmıştı. "Hanımefendi bu kâğıdı size vermemi istedi" başım sağa sola dönmüş kâğıdı okumadan bir köşeden beni izlediğini düşünerek,

"Nerede şimdi?"

"Sabah erkenden geldi, kâğıdı bana bıraktı ve gitti."

"Ben olduğumu nereden biliyorsun?"

"Abi sen buranın eski müşterisisin, ismini söyledi ben de bildim."

Bir oyunun parçasıydım galiba... Yüzümdeki şaşkınlığın yerini oynadığı oyunu kaybeden çocukların hafif ağlamaklı yüz ifadesi almıştı. Kâğıdı elime alıp yine sağa sola bakmıştım. Kesin bir yerlerden beni izliyordu.

"Merhaba, karşılaşmamamamız daha doğru olacak diye düşündüm. Bizim bir sözümüz vardı. Cümlelerimiz bize kalsın... Aşağıda yeni adresim var. Ben, mektup arkadaşın..."

Aşk üzerine küçük bir öykü

Boyandım rengine solmazam ayruk
Aşıkam ölmezem ayruk
Yunus Emre

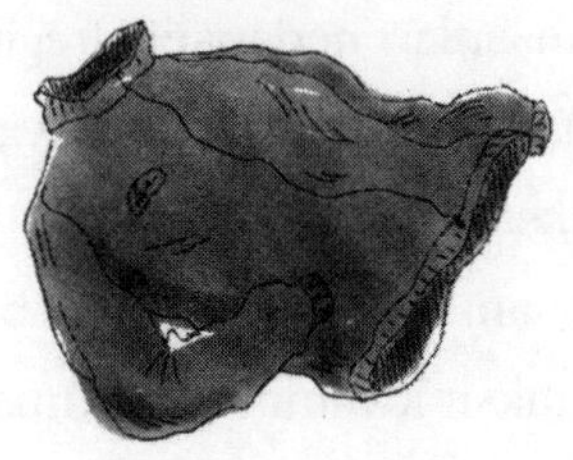

Giriş

Bir insanı kahraman yapan, A4 kâğıdına iliştirilmiş zaferleri midir? Gelir, ışık hızıyla yerleşir birileri kalbimizin en korunaklı odalarına... Kahramanımız, içimizin isyanlarını bastırmasa da iç organlarımızın hudutlarında en coşkulu şarkıların melodilerini mırıldanır. Napolyon'u Napolyon yapan sadece seferleri midir? Kahraman yapacaklarını kahraman olmak için yapsa fotoroman oyuncusu gibi poz keser, gerçeğin karşısında kuşe kâğıdı parlaklığında kalır, gönüllere ruhlara dokunamaz...

Mecnun Leyla'sını nasıl ararsa, bedenlerimize çöken sosyal medya kalpçikleri, her beğeni de bizleri Mecnun etmeye, kör olmaya mahkûm eder. Doğalgazlı evlerimizde içimizde tezek yanmış gibi bir o yana bir bu yana savrulur, aşk denilen kelimeyi telefonumuzda arar, "like"larımızın toplamıyla yeni bir gelecek tasarlarız. İsviçreli bilim insanlarının, aşkın formülünü bulamamaları ağaçların gövdesine İsviçre çakısıyla çizdiğimiz kalplerin bir bedelidir. Bilim çaresiz, atom bombasını bulan kafa çaresiz... Yaşını başını almış bilim insanları nedense yüreğimizi ateşleyecek bir yapıtaşı bulamaz. Tembelliğimizi, sevgisizliğimizi dile getirecek, sabah akşam içilecek bir dilaltı ilacımız yoktur malesef. Bilim insanı mı tembel yoksa biz mi her şeyi kredi kartına dokuz taksit kıvamında yaşamaya alıştık?

Herkesin yanındakini suçladığı bir dünyada bu toprakların büyük şairleri ilham perilerimizi çağırmaz mı?

Gelişme

Lise yılları... Hangi yıl diye sormayın, zihin hemen resme döker, klişeleştirir. Haa çok merak ediyorsanız şöyle ifade edeyim; beğendiğiniz bir kızı hiçbir sosyal medya karasularında bulamayacağınız yıllar. Lise yılları dediysem adam olmayla ergenlik arasındaki çizgiye kafamızı soktuğumuz, erkeklerin pek de hatırlamak istemeyeceği, o dönemin fotoğraflarına bakınca lanet, beddua edeceği yıllar.

Lise ikinin tam ortasındaydım. En yakın arkadaşım Mehmet, en yakın dediğime bakmayın, kan kardeşten öteyiz, oramızı buramızı kesmedik ama kardeşiz, o denli. Aynı sınıftaydık Mehmet'le. Mehmet, can kardeşim, içine kapanıktır, ben de bülbül olup şakımam ama olayların basın sözcüsü hep ben olmuşumdur. Aynı mahallenin çocuğu olunca, okul sırasında da, matematikte de kapı komşuluğumuzu birbirimize gösterirdik. Komşumuz aç yatarken uyumak olmazdı. Hocalar durumu çakozlayana kadar işbirliğimiz devam eder, şaşıran yüzlerin önünde üç haneli notlarımızı alırdık. Gülerdik bolca, en kolay harcadığımız şey gülmekti. Ciddi olmamızı söyleyenlere inat, yeni gülüşler icat edip fiziğin sadece laboratuvarda yapılamayacağını kanıtlardık. Kusurumuz varsa kime, neye göre kusurumuz vardı bilmiyorduk, ama özgüven denilen kelime; yanaklarımız kızardıkça, yıllar sonra hayatımıza girecekti. *Street Fighter* oyununu oynayan bedenlerimiz özgüven kırılmalarını milli gurur haline getirir, Mehmet'e yüksek sesle "Oyuna dünyanın her yerinden adam almışlar, biz yokuz arkadaş ya" der, sonra da içimizin ezilenlerine destek olmak için Hintli Dhalsım'ı alarak Asyalı bir duruş sergilerdik. Mehmet gibi dostum olduğu için kendimi çok şanslı hissetmişimdir. İnsan paylaşmayı o yıllarda öğrenince gelecek denilen şey parıl parıl parıldıyordu. Bütün sırlarımızı paylaşırdık. Zayıflıklarımız çocuksu bir geyik malzemesi olur, ekose etekli kızları konuşunca ciddileşir, adam olurduk. Aşk sadece aşk olarak dururdu dilimizde, anlam katılmamış saf haliyle, nedeni ve nedensizliğiyle...

Sonuç

Sonuç yazınca bir beklenti oluştuğunu, gözlerinizle yazının devamına bakarak; nasıl bir sonuç acaba dediğinizi biliyorum.

Sömestr tatilinden sonra sınıfa yeni bir kız gelmişti. Adı Bilge'ydi. Salına salına çaprazımdaki sıraya oturunca o bilge, ben kara cahil olmuştum. Bildiğim her şey saçlarında, yürüyüşünde, sınıfa yayılan ve onu yaşından büyük gösteren parfümünde buhar olup uçmuştu. Aşk denilen şeyi saniyenin dörtte birlik zaman diliminde kalbimle sekize bölüp "Seviyorum ulan!" demiştim. Platonik olmak, uzaktan bakmak, uyuyamamak, mektup yazmak, konuşma provaları yapmak ve sonuçta bir türlü mevzuya girememek, liseli olmaya belki de en çok yakışan şeylerdi.

Âşık olunca daha az güler olmuştum. Ders aralarında kafamın arkasındaki gözlerle bana bakıp bakmadığını kontrol eder, bakmıyorsa gerçek gözlerle ben onu izlerdim. Bir ay geçmesine rağmen mesafeli durup az buçuk konuşmalarımızda da "dünyayı kurtaran adam"ın ciddiyetiyle davranmıştım. Can dostum Mehmet'e durumu anlatmak istemeyişimse, Bilge'nin bilge gözleriyle kendime mahremiyet surları inşa etmek istememden kaynaklanmıştı. Her şey kendi zıddını yaratmıştı. Tatlar ve sesler birbirine karışmış; yediğim tulumba tatlısı tuzlu, içtiğim çorba şerbetli gelmeye başlamıştı.

Karlı geçen hafta sonu tatilinde dışarıdaki kardan adama baka baka pazartesi günü yapacağım konuşmanın provasını yapmıştım. Bazı günleri asla unutamazsınız, yılını, ayını geçin, o gün pazartesiydi. Müdürün hafta başı konuşması, tek sıra halinde sınıflara giriş, ilk ders matematiğin önlenemez üstünlüğü ve Bilge'nin daha bir güzel duran varlığı... Zil çalacak, Bilge'yle edebiyat dersine girmeden konuşacaktım. Yıllar geçti o derste anlatılan her şey hâlâ zihnimde bir yerlerde formül formül durur. Aşkın matematiğini yaz deseler, bir çırpıda yazardım. Bütün organlarım canla başla bana yardım ederken hangi x karşılayabilirdi içimdeki aşkın bilinmez halini... Zil çalınca can dostum Mehmet koluma girdi:

"Kardeşim, gel sana bi sosisli ısmarlayım."

"Ben sosisli sevmem ki,"

"Sucuklu tost o zaman."

Bilge'yle olan romantik sahneme sarımsak kokulu bir hava katmak istemiyordum.

"Aç değilim."

"Yaaa ne inat ettin, bi gel işte!"

Can dostum Mehmet'i tanırdım, asla ısrar etme huyu yoktur eğer ısrar ediyorsa altında başka şeyler var demektir.

"Kardeşim seninle bi şeyler konuşmam lazım."

Az buçuk hayat bilgimle şunu öğrenmiştim, biri, seninle konuşmam lazım, derse, ortada dinleyen için pek de hayırlı bir şey yoktur.

"Sana hiç çaktırmadım ama ben fena âşık oldum."

Bazı cümlelerin başlamasına gerek yoktur. Ses tellerinde harf harf dursa, nefes olup ait olduğu yere geri dönse yine de anlarsınız.

"Yaa!"

Sayfalarca cümle kurmuştum sanki...

"Kim olduğunu sormayacak mısın?"

"Bilge mi?"

"Nerden bildin lan!"

Bazen bilmek istemezsiniz.

"Kardeşim senden de hiçbir şey kaçmıyo haa..."

"Öyle, kaçmaz."

"Sana çaktırmamak için o kadar da uğraştım."

"Yaa..."

Ve bazı şeylere verilecek bir cevap yoktur.

Gerçekliğin sonunun olmadığı bir dünyada, o kuyunun içinde zaten kaybolacağımızı bildiğimden sınırlı sürecek masumiyet çağımızda ortaçağı yaşamak istememiştim

"Kardeşim senin ağzın laf yapar, kızın ağzını bi arasan ya..."

Mehmet'in uzun zamandır beni arayıp sormaması, onun da evde müsamere çalışmaları yaptığını gösteriyordu. Sessiz kalmış, uzun bir süre Bilge'ye bakamamıştım. Sessizliğimden ve aşkına yorum yapmayışımdan şüphelenen can dostum da konuyu bir daha açmamıştı. Tek maddelik bir sözleşme imzalamış gibi Bilge'nin varlığını kalbimizden çıkarmanın yollarına bakmıştık. Zamanla renkler, tatlar yavaş yavaş yerine oturmaya başlamış, biraz acılı da olsa tuzlular daha tuzlu, tatlılar da yapış yapış olmuştu.

Yine bir pazartesi günü, beden eğitimi dersindeydik. Sporcu olmamamız için yapılan aktiviteler bitince esneme çalışmalarında Bilge'yle karşı karşıya gelmiştim. Kolumu tutup esnetirken sadece kolumun değil yüreğimin de bamteli esnemeye başlamıştı. Gözlerinin içine bakamamıştım.

"Küs müyüz?"

Kollarım pamuk gibi olunca.

"Yoo!"

Aslında yine sayfalarca konuşmuştum. Ders bitmiş, üstümdeki eşofmanın kırmızılığını atamadan kulağımda bir sıcaklık hissetmiştim.

"Seni seviyorum aptal!"

Saçlarını yüzüme savurarak tüm ruhumu yıkarcasına arkasına bakmadan sınıfa girmişti. Üstümdeki kırmızı eşofmanla hayatı öğrendiğim anlardan biri olmuştu.

Ertesi gün ben de Bilge'ye "Başkasını seviyorum" demiştim. O günü unutmak isterim ama galiba yine pazartesiydi. Aradan hatırı sayılı bir zaman dilimi geçince okuldaki fısıltıların tonu yükselmeye başlamıştı. Can dostum için yaptığım fedakârlık okulun fısıltı gazetesinde manşet olmuş, lise birler beni kahraman ilan etmişlerdi. Kalp hizasında duran bir saygım vardı artık... Lise öğrencisi değil, bir rock stardım sanki ve okula girişim mareşallere yaraşır düzeydeydi.

Yıllar sonra, can dostum Mehmet'le bu mevzuyu konuşup tebessüm ederken, "Şimdi olsa aynı şeyi yapar mısın?" demişti. Kahraman olmak gibi bir niyetim yok." Okul koridorunda, atıyla şehre inen ordu komutanı yürüyüşümü ve can dostum Mehmet'in gözlerinden dostluk akan muhabbeti hissedince "Ben zaten doğuştan kahramanım" demiştim, yanaklarım kızararak...

Kör talih

Yaşlanmış bedeni, çay içtiğim masanın müdavimlerinden değildi. Biletçi amca sağa sola niyetler dağıtır, şiirler okur ama benim masama uğramazdı. Kafasındaki milli piyango şapkası, yaşının verdiği ağırlığı hafifletse de yüzündeki çizgiler yaşadıklarını apolet gibi gösteriyordu. Sanki bir el gelmiş yaşlı amcayı yere yatırmış, bedenini karbon kâğıtla çizmiş, ona aslının kopyası bir beden vermişti. Biletçi amca da bütün bedenini evde naftalin kokulu bir yüklüğe kilitlemişti.

Çayımın en kıdemli yerinden bir yudum almıştım ki biletçi amca ilk defa masama ilişmiş, yaşının hakkını veren damarlı elleriyle biletlerini uzatmıştı:

"Buyur evlat."

"Sağ ol amca."

"Son üç bilet buyur."

"Sağ ol amca. Ben şans oyunlarını sevmiyorum."

Biletçi amcanın gözleri kedi gözü gibi parlamıştı. Elindeki son üç bileti öyle bir tutuşu vardı ki kapıma dayanmış alacaklı gibi duruyordu.

"Niye yav..."

"Sevmem. Çıkar falan huzurum bozulmasın."

"Son üç bilet, al birini..."

"Sağ ol amca."

Şapkasının altında duran kafası, ince uçlu kalemle çizilmiş gibiydi. Yüzü sivri, cümleleri sivri, bakışları sünger gibiydi. Gülsem gülecek, ağlasam zırıl zırıl ağlayacaktı. Çok şey yaşayıp çok şey gören insanların gözlerine kondurdukları bir ifadeydi bu... Elindeki son üç bileti tekrar uzatınca;

"Sevmem bilet falan."

"Niye?"

"Üç tane kalmış diyorsun. Biletçiler son biletleri kendilerine saklarlar, çıkacaksa sana çıksın."

Biletçi amcayı yanımdan yollayabilmek için kulak arkası bir bilgiyi kullanmıştım. Elindeki biletleri gocuğunun iç cebine sokarak:

“Son biletleri asla almam. Aslında hiç bilet almam.”

“Nasıl?”

Bedenini yasladığı masayı baldırıyla ittirip kuru bir dal gibi çöküvermişti karşımdaki sandalyeye. Gözleri kedi gözünden avını yakalamış kaplan gözüne dönüşmüştü. Sesini çıkarmadan elini havaya kaldırışından, garsonun kafa sallayışından çay içmek istediğini anlamıştım. Gözlerimin içine gülen ama ağlayan, ağlarken gülmekten altına koyvecek bir bakışla bakmıştı. Çayı gelince de ciddi bir ifadeyle ilk yudumunu alıp konuştu:

“Bak evlat sana bir hikâye anlatacam. Herkese anlatmam bu hikâyeyi.”

Huzurluydu sesi, öğretici bir melodisi vardı:

“Sene 1970, o vakitler büyük ikramiye öyle bir heyecan yaratırdı ki zengini fakiri büyük ikramiyenin çekileceği günü beklerdi. Neyse, İstanbul’da Fehmi diye bir genç delikanlı yaşarmış. Aslen Niğde Aksaraylıymış, on yaşını doldurunca babası lanet gelsin böyle köylüye akrabaya deyip atlamış otobüse İstanbul’a getirmiş ailesini. Ortaokulu zar zor okumuş Fehmi. Zaten köyden gelen çocuğun durumu büyük şehirde bellidir evlat. Sen bakma, şimdi kim köylü kim şehirli birbirine karıştı. O vakitler köylü kısmı kahveye girip çay içmeye bile utanırdı. Neyse, bizim Fehmi delikanlı olunca biletçilik yapmaya başlamış, akşamları da taksicilik. Bunları anlatayım ki hikâyeyi kafanda iyi belle. Bir de sevdiği bir kız varmış, adı Meral, fotoroman güzelleri gibiymiş... Kızın da gözü arada sinyal çakarmış Fehmi'ye. Sonuçta kız lise mezunu, doğma büyüme İstanbulluymuş, çok isteyeni varmış. Fehmi akıllı bir adam olduğundan babasının Meral'i ona vermeyeceğini bilirmiş. Fehmi sinyal çakar, kız durur sağını solunu kontrol eder, o da yollarmış sinyalini. Ayaküstü bile olsa, iki çift laf etmişlikleri yokmuş.

Fehmi içine yerleşen aşk kokusuyla günden güne erimeye başlamış, aynaya baktığında gözlerindeki âşık adam pek bir hoşuna gitmiş. Bir nevi yaşama olan inancı artmış, ağlayacaksa daha içerden, gülecekse daha derinden gülmeye başlamış. En kötü, gider kaçırırım diyormuş kendi kendine. Kızın babası İngiliz Osman, emekli zabıta amiriymiş. İngilizliği, renkli gözlerinden, limonlu, geriye taranmış saçlarından geliyormuş. Boyu kapılara sığmaz, sesi kulaklara zararmış, yürüdü mü konu komşu onu saçından gelen limon kokusundan, esnaf ise zabıta amirliği döneminden tanırmış, Gâvur Osman dermiş. Gâvur ki ne gâvur; inadım inat bir adammış. Karısı da adamın inadından ölmüş zaten. Derler ki kadın hasta yatağında adamın kulağına Gâvur Osman diye fısıldamış ve ölmüş. Karısının cenazesine gitmek istememiş de zorla götürmüşler diye laflar dolanmış durmuş bir süre... O yüzden kızını Fehmi'ye vermesi zormuş bu İngiliz Osman'ın. Gâvur diyeni duyarsa ağzını böğrünü yer değiştirip takım taklavat dövermiş. Fehmi de ne yapacağını bilemez bir halde

Meral'in yolunu gözler, karşısına çıkabilmenin planlarını yaparmış.

Efendime söyleyeyim, gel zaman git zaman Fehmi kuytu köşe bir yerde Meral'i yakalamış. Fehmi gözlerini devirmiş 'Seviyom' demiş, kız gülmüş kıkırdamış saçlarını geriye atmış, 'Kapımızda çok dolanıyorsun, babam görürse öldürür seni' demiş. Demişler de demişler... Fehmi 'Kaçıracam seni' demiş. Kız kıkırdamış, Fehmi'nin anlayamayacağı bir dilde konuşur gibi saçlarıyla bedenini alıp uzaklaşmış. Evlat uzun uzun anlatıp kafanı ütülüyorum ama bir hikâyeyi böyle anlatmadığında tadı pörsümüş ekşi elma gibi olur. Neyse, Fehmi uyku uyumaz bir halde ne yapacağını düşünürken kızın babasının karşısına çıkmaya karar vermiş. Almış anasını babasını, çıkmış İngiliz Osman'ın karşısına. Allah demişler, peygamber demişler, niyet etmişler, Osman susmuş, bakışlarıyla süpürmüş atmış Fehmileri evinden. Fehmi'nin anası gururu kapı önüne konulmuş her ana gibi 'Gâvur Osman işte' demiş. Aklına koymuş Fehmi, kaçıracakmış Meral'i. Kızdan almış sinyali, önce Niğde'ye köye, oradan Allah nereye dediyse oraya uzayacaklarmış. Yılbaşı gecesi İngiliz Osman rakıyı fazla kaçarıp sızacak, o horul horul uyurken kaçacaklarmış. İngiliz Osman ağzına içkiyi vurdu mu Agop'un kazı gibi ne varsa gömer, sonra sızar ve kızılca kıyamet kopsa uyanmazmış. Fehmi heyecandan günlerce uyuyamamış, görenlere durumu çaktırmamak için kendini işine gücüne vermiş.

Yılbaşı gelmiş çatmış, Fehmi anasının babasının elini öpmüş sonra kahveye gitmiş. İçki içenlerin, çiftetelli oynayanların arasında beklemeye başlamış. Saat on ikiyi devirmiş, ekranda büyük ikramiye çekilişi başlamış. Kahveci İbo sesiyle dürtüklemiş 'Len Fehmi kaç bilet sakladın kendine?'demiş. Çekiliş, Fehmi'nin aklından uçup yuvarlanmış; aklı Meral'deymiş. İçenler, göbek atanlar, ellerinde biletlerle doluşmuşlar büyük ikramiye çekilişi için televizyonun önüne. Fehmi, zamanın geldiğini düşünmüş, tam ayaklanıp Meral'in yanına gidecekken kahveci İbo tekrar dürtüklemiş 'Yok mu biletin?' demiş. Fehmi elini cebine atmış kendine sakladığı biletleri iç cebinden çıkarmış. Kahveci İbo şüphelenmesin diye televizyonun önüne o da dizilmiş. Kahveci İbo şeytanla ortakmış; anında şüphelenir, Fehmiler daha otobüse binemeden kızın babasına fişteklermiş. Fehmi kendine sakladığı biletleri yalandan avuçlarında tutarken büyük ikramiye açıklanmaya başlamış. Sayılar yavaş yavaş dönmeye, ekranda belirmeye başlamış. Fehmi'nin gözü sayılardan çok saatteymiş. Sunucu '7'demiş, '4'demiş, '6' demiş, '0'demiş, '5'demiş, '5'demiş, '6'demiş. Fehmi birden 'Allah!'demiş. Öyle bir Allah demiş ki kimse ne olduğu anlamamış. Fehmi delirmiş gibi bağırmaya başlamış, aklındaki kayış kopmak üzereymiş. Tebrikler edilmiş, halaylar zılgıtlar çekilmiş. Sözler alınmış, niyetler söylenmiş bir bayram havasında sırtlarda taşınarak evine götürülmüş Fehmi...

Anasına babasına sarılırken Meral'i hatırlamış, artık zengin bir adam gibi gidip kızı isteyeceklerini söylemiş babasına. Fehmi kızı istemiş, İngiliz Osman kızını vermiş, düğün dernek yapılmış, üç gün üç gece etler, yemekler yenmiş, çalgıcılar hiç susmamış. Fehmi, Meral'i öyle seviyormuş ki o ne derse olmuş. Zaten paradan anlamazmış... Uzak akrabalara yardım, evleneceklere düğün, mahalledeki çocuklara sünnet merasimleri yapılmış. Tam tadını damağına geçirecekken askerliği gelmiş Fehmi'nin. Yeni evinde uyuyamadan düşmüş Sivas'a, askeriyenin yoluna. Karısı Meral iş kuracam deyip bütün parasını almış Fehmi'nin. Sevdiği kadın için her şeyini verecek bir adammış zaten.

Kara bir kış geçmiş, Fehmi günleri sayar olmuş. Sonra usul usul mektuplarına cevap vermez, telefonlarına çıkmaz olmuş Meral. Fehmi içine düşen kurtlarla beraber komutanından izin almış, atlamış gelmiş İstanbul'a. Evinin kapısı kitliymiş, bankadaki hesap tam takır kuru bakırmış. İngiliz Osman bile, kızının nerede olduğunu bilmezmiş. Fehmi kös kös geri dönmüş askeriyeye. Bir an kaçmak istemiş ama babası vatan borcudur demiş, yolcu etmiş. Fehmi için zaman geçmek bilmemiş, telefonla her gün anasını babasını aramış. Hatta İngiliz Osman'ın evine bile telefon bağlatmış, belki bir haber gelir diye. Polislere, jandarmalara haberler salınmış. Fehmi askerliği bitirip ailesinin yanına gidince, gerçeği öğrenmiş. Anası beddua eder gibi saydırmış Meral'e, orospu bile demiş. Babası ağır aksak anlatmış olanları. Meral bankadaki bütün parayı almış, başka bir adamla kaçıp yurtdışına gitmiş. Mahkemeden de bir kâğıt gelmiş; boşanma davası. Anası yine orospu demiş. Fehmi sessiz kalmış, bir şey dememiş. Hiçbir şey koymamış da o mahkeme kâğıdı öyle bir koymuş ki kabir azabı gibi yakmış bütün bedenini. İngiliz Osman utancından sokaklara çıkamamış, dalyan gibi adam 200 kilo olmuş da kahrından ölmüş. Cenazesini kaldıracak kimse çıkmayınca, iş Fehmi'ye düşmüş, İngiliz Osman'ı o kuyulamış. Mahkeme günü Meral, Fehmi'nin yüzüne bile bakmamış "Şiddetli geçimsizlik" demiş hâkime. Kadın gitmiş ülkenin en iyi avukatını tutmuş. Fehmi esnaf avukatından rica etmiş, gururlu bir insan gibi "Boşanmak istiyorsa, boşanalım" demiş. Herkes paranın peşini bırakma dese de Fehmi'nin gözü parada falan değilmiş. Zaten başına ne geldiyse para yüzünden gelmiş.

Kendine aldığı yeni evi satıp içmeye, kumar oymaya başlamış. Eldekini avucuna koyacak meteliği kalmayınca da anasının evine geri dönmüş. Mesleği olmadığından biletçiliğe yeniden başlamış. Mahallede arkasından gülenler, dalga geçenler olmuş bir süre. Son biletleri asla kendine almamış, gidip iade etmiş. Meyhanede kendi kendine çok konuşmuş, 'Bilet çıkmayaydı, mutlu mesut çoluğa çocuğa karışmış bir adam olacaktım' deyip durmuş. Dilinin ucuna gelse de asla Meral'e kötü bir söz söylememiş. Anlayacağın evlat, bizim Fehmi giden paradan çok sevdiğini kaybettiğine üzülmüş. Bilmem anlatabildim mi evlat, ben de son biletleri almam. Sen dedin ya huzurum bozulmasın, diye. Aynen; huzurumuz bozulmasın."

Biletçi amca yeşermiş bir dal gibi çöktüğü yerden bir anda kalkmıştı.

"Tamam amca ver, alıcam bilet."

"Sen beni yanlış anladın evlat, ben bilet satmak için anlatmadım hikâyeyi."

"Yok amcacım, almak istedim."

"Sana bilet falan yok, haydin eyvallah! Çayı da helal et."

"Helal olsun."

Biletçi amca elindeki son üç bileti sallaya sallaya uzaklaşmıştı. Çayım soğumuş, anlattıkları Fehmi'yle beraber masama oturmuş gibiydi. Garson yenilenmiş çayımı masaya koyarken;

"Sana anlattı mı?"

"Neyi?"

"Hikâyesini."

"Nasıl yani... Kendi hikâyesi mi?"

"Fehmi Amca'nın hikâyesini artık çok az insan bilir, anlatmaz zaten."

"Yaaa..."

"Aramızda kalsın, abimi Fehmi Amca sünnet ettirmiş..."

Şaşkınlığım güzel bir hikâyenin hüznüne karışırken ilerden bir ses geliyordu:

"Son biletlerrr!"

Gözlerinde bulut saklıydı

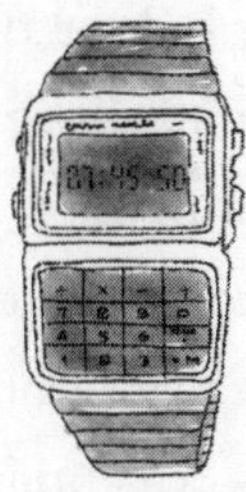

Otobüs sağ salim durabilmişti. Yaşlı bedeni ne kadar kırmızı olsa da bu yanaklardan sağlık fışkıran bir kırmızılık değildi. Uzun gövdesi ve akordeona benzeyen körüğü her frende içindekilere tıslı tıslı halay çektiriyor, dönüşlerde Erzurum barı, ani frenlerde de horon teptiriyordu. Bütün otobüslerin ayrı ayrı isimleri vardı ve birbirlerine bizim onlara verdiğimiz rakamlarla değil isimleriyle hitap ederlerdi.

Otobüs sağ salim durabilince horultulu nefesiyle kapıları açılmıştı. Ben de bedenimi dalgalara bırakmışçasına kalabalıkla beraber arka tarafa doğru gelmiştim. Okuldan kalma bir alışkanlıkla arka tarafa geçmek sırık boyumu yiğitçe sergilememe sebep oluyordu. Bilenler bilir, arka sırada oturmak, organize suç örgütünün Avarel'i olmak demekti.

Kolumdaki hesap makineli saatim 7.45'i gösteriyordu. Zaman ve mekân bu kadar denk gelemezdi. İki durak sonra, saat 8.00 sularında iki haftadır gördüğüm, gözlerinde bulut saklı kız otobüse binecekti. Otobüse binecek, kibarca kendine uygun bir yer bulacaktı.

Otobüs onun durağına gelince sanki horultulu nefesi açılmış bir çırpıda kapılarını onun önüne sermişti. Önümdeki kellelerden onu göremesem de o bindiğinde otobüsle beraber her şey, herkes yavaşlamıştı. O an yaşlı otobüs en iyi arkadaşım olmuş, yaşından beklenen büyüklüğü göstermişti, dili olsa da konuşsa kim bilir neler diyecekti.

Kızın adını bilmiyordum sadece bakıyordum. Ben ona bakınca hava güneşli de olsa hafif hafif yağmur çiseliyordu. Gözlerinde sakladığı hafif parçalı bulut kalbimin hava durumuna yağış veriyordu. İsmini bilmesem de hikâyesinin ve nereden geldiğinin bir önemi olmasa da başrolünü onun oynadığı sahneler hayal ediyordum. Gözlerindeki hafif nemli hava hayallerime girmişti. Hayallerimde ona isimler verip uykularımda ilk merhabamızın provasını yapıyordum:

"Merhaba."

"Merhaba."

Gerisine gerek yoktu. Cümlelere dökülen her şey gözlerindeki anlamı çalabilirdi. Birbirimize baktıkça cümleler yüklem olacak, yüklemler ufalıp ufalıp bizim gizli öznemiz haline dönüşecekti.

Otobüs hareket etmişti. Üç durak önce inmem gerekirken onunla aynı otobüste olabilmek için bekliyordum. Üç duraklık mesafenin sorun olabileceği bir dünyada o gözlerdeki bulutlar çoktan dağılabilirdi. Ego yapmadan EGO[1] tarifelerini ezberlemiştim. İki haftalık hikâyemiz Âdem babamız kadar eski, Havva anamız kadar biricikti. Bir otobüsün içinde onunla beraber dünyanın en güzel yerlerine seyahat ediyordum.

Otobüs şoförü kafasından çok sesiyle arkaya dönerek "Arkaya doğru ilerleyelim" dediğinde, körüğün dönme dolap kısmındaydım. Kalabalık üzerime gelince sanki randevulaşmış gibi onunla göz göze gelmiştim. İki göz bu kadar yakın olunca bakamıyordu insan...

Bulutları severdim. Güneşin kendini beğenmiş haline yiğitçe kafa tutan bulutlar bu kızın hikâyesiydi. Ve onun hikâyesi benim hikâyemdi. Dünyanın en güzel aşk sahnesini çekiyorduk. Kolumdaki hesap makineli saatime bakarak "Pardon! Saatiniz kaç?" demişti. Saatim 8.15'i gösteriyordu. Zamanın çeyrekliğinin bir gereği yoktu. Yirmi geçelerde inecekti zaten. Sesini içimin kayıt cihazı hafızasına almıştı. Bütün seslerde artık onun da notası olacaktı.

1. Ankara otobüs taşıma sisteminin kısaltılmışı. (y.n.)

Arkadaşlarıma anlattığım her şeyin konu başlığı bu kızdı. Başlığın altını dolduracak o kadar çok şey anlatıyordum ki meraktan ölüp ölüp diriliyorlardı:

"İsmi ne?"

"Bilmiyorum."

"Konuştun mu?"

"Hayır."

"Sebep?"

Soru kısımlarını budarsak vereceğim cevaplar onun gözlerinde saklıydı. Belki de dünyanın en güzel tepesinden en güzel manzarasına bakmak gibiydi. Otobüsün en kalabalık hudutlarında bir şeyleri yeşertmek, büyütmek istemiştim. İlk cümlemiz, ilk merhabamız bırak üç duraklık mesafeyi, bir ömre sığmalıydı.

Hakan'la Mehmet'in otobüslük yolları olmasa da benimle beraber otobüse binmeye başlamışlardı. Merak güzel bir şeydi. Uzaktan birini sevebilmekse daha güzel, daha merak edilesiydi. Saçlarını, tenini en önemlisi de gözlerini anlattıkça hikâyemdeki kız otobüsten inip adını bilmediğim bir masal kahramanına dönüşüyordu.

Kalbimin komuta kademesinde toplanmış holiganca bağıran ses tellerim vardı. Saatiniz kaç sorusunu Japoncaya çevirecek güçteydiler. Bütün çeviriler aynı anlamı taşısa da ben sadece onun lisanını anlayabiliyordum.

İki haftalık hikâyem üçüncü haftasına girmişti. Üçüncü hafta buzul çağının bitip ilk çağa geçildiğinin tarihsel göstergesiydi.

Sabah 7.30'da bizim durakta Hakan'la Mehmet yüzlerindeki sırıtışla beni bekliyorlardı. Sırıtmalarının ardında çocuksu bir hainlik vardı. Bende olan bir şeyi çalmaya gelmiş gibiydiler ancak çalacakları şey turbo sakızından çıkan araba resimleri değildi. Anlattıklarım benimdi ve benim hikâyemden çok bulutların yani bu kızın hikâyesiydi.

Bizim yaşlılardan, adını bilmediğim ama körüğünün yırtığından tanıdığım kırmızı ihtiyar 7.45'te gelmişti. Her zamanki gibi arkalara doğru geçmiştim. Mehmet'le Hakan da yanı başımda bir yerlere, bir dirsek altına çadır kurmuşlardı. Boyları benim kadar uzun değildi, bilmezlerdi arka sıraları, zaten en sevdikleri yer de şoför yanıydı. İkisinin sırıtışı hiç sönmemişti. İskele feneri gibi ışıl ışıl, otuz iki diş tekmili birden sırıtıyorlardı.

Saat 8.15'e geliyordu. Sabah trafiği insanı sinir stres sahibi yapıyordu. Heyecanım görünmeyen yerlerimde heyelanlar yaratıyor, Mehmet'le Hakan sırıttıkça trafik kornalarıyla beraber heyelanlar, erozyona dönüşüyordu.

Otobüs meşhur durağa gelince üçümüz birden hazır ola geçmiştik. Protokolün başında ben vardım ve Allah'tan sırık boyluydum. Kapı tısladı, pısladı bıraktı sanki bütün cıvatalarını. Öyle kötü sesler çıkardı ki ne gelene ne de şu bekleyenlerin hazin duruşuna yakıştı. Ayran budalası gibi ağzımı açmış beklerken bizim kız el ele biriyle girdi otobüse...

O an otobüs daha da yaşlandı, ölüm döşeğindeki huysuz bir ihtiyarın suratına dönüştü. Ellerini tutan çocuğun suratına kezzap atabilirdim. Suratındaki ifade tuz ruhu kokuyordu.

Mehmet böğrümü iteleyerek "Hangisi?" dedikçe otobüs çirkinleşiyor, kan davalım haline geliyordu. Hava durumu yağmur verse de bir anda güneş açıyor, bulutlar hiç yokmuş gibi dağılıyordu.

Hakan bakışlarımı yakalayarak "Bu mu lan?" demişti.

"Ne..."

"Gözlerinde bulut saklayan kız bu mu?"

Gerçeğe ihtiyacımızın olmadığı anlar vardı. Hayaller ve bizde kalanlar bazen gerçek denilen şeyden daha değerliydi.

Hakan'a dönüp, "Hava bugün güneşli" demiştim.

"Anlamadım?"

"Yani şeyy, yok lan bir kere bu kız çok çirkin."

İçimdeki çocuk

Kahramanlar, efsaneler, zamanla uydurulmuş erdemlilik taslayan, eko sesli bir varmış, bir yokmuş çekimli tevatürler... *Binbir Gece Masalları*'ndan, *La Fontaine'den Masallar*'a, *Tepe Göz*'den *Dede Korkut*'a, *Keloğlan*'dan köyün muhtarının deve olduğu köy seyirlik oyunlarına... Sıkılırsan iki bin kilometre ötede; Kırmızı Başlıklı Kız, Pinokyo, Külkedisi ve başımızın belası Polyanna... Bunların hepsi çocukluğumuzun kahramanları, gizli odalarımızın görünmez misafirleridir. İçimizin misafir odası ne kadar temizse, kötü adamları yenecek o kadar kahramanımız var demektir. O kahraman bazen biz oluruz bazen de karnımızı gıdıklayan masalsı arkadaşlarımız.

Biz büyüdükçe kahramanlarımız eşyalarını toplar, bir daha gelmemek üzere giderler. İçimiz çoraklaşır, odalarımız yalnızlaşır...Yaşlı teyzelerin evlerindeki gibi misafir odalarımız olmalı, kahramanlarımız bir gün gelir umuduyla kapılarımızı açık bırakmalıyız.

Günlerden cuma... Sessizliğim taksinin içine girmiş, kilometre başına 40 kuruş artırıyordu. Taksici kendi halinde, yüzüme bile bakmıyor, sanki içine çektiği sigarayla yolculuk yapıyordu. Mutsuzluğu ve öfkesi koltuğa, aynaya, vites kolunun yanındaki tespihe sinmişti. Taksinin içindeki karbonmonoksit oranı diyaframımda şişkinlik yaratmasın diye camı açıyor, içime çektiğim oksijeni hazmetmeye çalışıyordum. Trafik zart diye durunca taksicinin burun deliklerinden buharlı ütü efekti salınıyordu.

"Of off..."

"Cumaları böyle."

Bir sigara daha yakıyor, "rahatsız olmazsın değil mi" gibi insani bir cümleyi tek nefeste içine çekip içerdeki her şeyi nikotinle takas ediyordu.

Taksici, sigarayı içine öyle bir çekiyordu ki yanan tütünün yarattığı kırmızılık arabanın camından yansıyıp yüzümüze vuruyordu. Acılar, öfkeler, yaşanmışlıklar, yaşanmamışlıklar duman olup içine, ciğerlerine sonra da analı avratlı küfür melodisinde havalara saçılıyordu. Taksici dumanını üflerken "Keşke buradan girmeseydik yaa" diyor, söylediğini üzerime alınmadan "Cumaları böyle" cevabını veriyordum. Cevap gelmeyince de elimdeki telefonla meşgul olmaya başlıyor, zaman geçsin diye eski mesajları okuyordum. Neyse ki arabanın içindeki sessizliği bozan birkaç hamle oluyor, önce telsiz ötüyor sonra arkadaşları cızırtılı bir şeyler söylüyordu: "Yok oradan gitme!" "İsmail neredesin..." Sonra taksici gelen seslerden rahatsız oluyor, radyoyu açıyordu. Radyonun üstündeki yazılar silindiği için çat pat ne yaptığını bilmeden gelişi güzel bir yerlere basıyor, cızırtılı bir kanal buluyordu. Ninni dinler gibi 15 dakika aynı reklamı dinleyerek 200 metre daha ilerleyebiliyorduk. Reklam işe yaramış olacak ki trafik hafiften azalmaya başlıyor, taksicisi ikinci vitese geçebilme şerefine nail oluyordu. Trafik açılınca damar tıkanıklığımız açılmış gibi hücrelerimiz kardeş kardeş halay çekiyordu. Taksici sigarasını daha keyifli içiyor, halay çeken hücrelerini küstürmemek için ağzında tuttuğu dumanı daha derin çekiyordu.

İnmeme az kaldığı için taksimetreye bakıyordum. Yirmi sekiz lira yazıyordu. Cebimden çıkardığım paraları, dürülmüş halinden kurtarıp mali değerine kavuştururken taksimetrenin yanındaki küçük çocuk fotoğrafını görüyordum. İçimden "Bu suratsız heriften böyle güzel bir çocuk olabilir mi?" diyordum. Ahlaki çizgiler içinde çocuğun annesini düşünüyor sonra da ne yalan söyleyeyim her Âdem gibi benim çocuğum olursa nasıl olur diyordum, tabii ki içimden...

26.00

"Çocuk çok tatlıymış, Allah bağışlasın."

"Kim?"

"Şu fotoğraftaki çocuk."

"Haa..."

Gülümsüyor, gülebildiğini gösteriyordu.

"O benim çocukluğum"

"Yaa..."

"Evet, benim ya... Bu fotoğrafı severim, sıkıldıkça, daraldıkça bakarım. Tek çocukluk fotoğrafım."

"Tek mi?"

"Aynen, tek."

İneceğim yeri geçiyor, taksimetrede otuz iki lira yazdığını görüyorum.

"Tek mi?"

"Bir yanlışlık olmuş annem sobada yakmış fotoğrafları. Zaten dört beş tane fotoğrafım vardı."

"Üzüldüm, Allah'tan bu kalmış."

"Bunun aynısından dört beş tane bastırdım ne olur ne olmaz diye..."

"İyi yapmışsın."

Bu güzel yüzlü güleç çocuk ne olmuştu da bu suratsız adama dönüşmüştü? En son o fotoğrafta gülmüştü sanki...

"Güzel gülmüşsün."

Taksici fotoğrafına bakıp çocukluğunun elinden tutar gibi direksiyona yapışıyor.

"Cumaları böyle oluyor..."

"Evet cumaları böyle oluyor."

* * *

Taksiden iner inmez annemi aramıştım.

"Anne."

"Efendim oğlum?"

"Şu benim çocukluk fotoğraflarımı yollar mısın?"

"Hayırdır?"

"Gülücüklü olanlardan olsun."

Bizim Alman kurdu

Koca bir şantiyede yaşıyoruz. Pencereden bakınca kamyonlar, dozerler harıl harıl çalışıyor. İnceden bir ses, kulakların en sinir bozucu yerine dokunuyor. Eski binalar yıkılıyor, yerlerine estetikten mimariden nasibini almamış kazuletler dikiliyor. Mimar Sinan'ın torunları bina yapamıyor...

Sokağın başındaki kedili bina yıkılmıştı. Yaşlı teyzelerin özenle baktığı güller solmuş, güzelim bahçe, metrekare hesabı otoparka kurban edilmişti. Atmış yıllık bina iki gün içinde yıkılmış, koca koca kamyonlar sokağın her yerini ablukaya almışlardı. Sesin korkunçluğu bir yana bahçedeki kedicikler de ortada yoktu. Bina eskimişti, boyaları pul pul dökülmeye başlamıştı ama ben bu eski binanın bir ruhu olduğunu düşünüyordum.

Temel atma törenlerinden sonra kepçelerin, dozerlerin yanında yeni bir misafirimiz vardı. Bir Alman kurdu, inşaattaki demirler çalınmasın diye sokağın ortasına bırakılmıştı. Alman kurdu olmasının verdiği özgüvenle daha temel atılırken, mahalleliye ayağınızı denk alın demişti. Sokağı haraca kesmiş gibi sağa sola havlıyor, geçen arabaların plakasını ezberliyor, kâğıt toplayıcılarının anasını ağlatıyordu. En büyük şikâyet de kâğıt toplayıcıları sokağa giremeyince yaşanmıştı. Kâğıt toplayıcıları, deve hörgücü gibi taşıdıkları çekçekli arabalarıyla baya baya sokakları temizliyorlarmış. Şikâyetler, bağrışmalar, bekçiyle kavgalar pek bir sonuç vermemiş, Alman kurdu sokaktan gönderilememişti. Belediyeden görevliler gelince Alman kurdu sırra kadem basmış, çalışma saatleri dışında kendini gösterir olmuştu. Aramızda kalsın, birkaç kez karanlıkta beni de kovalamışlığı vardı. Çoluğa çocuğa havlamaz, çocuklu bir aile geçince saygı duruşunda bulunur, kafasını önüne eğerdi. Her canlının bir vicdanı vardı galiba... Bir saatten sonra asla havlamazdı, akıllıydı, bu yüzden sokaktan gönderileceğini çok iyi biliyordu. Nerden gelmişti, daha önce hangi binaya göz kulak olmuştu, bilmiyorduk.

O bir Alman kurduydu ve cinsinin bütün özelliklerini taşıyordu. Tüylerinin duruşu, renginin parlaklığı, gözlerindeki hınzırlık asil ve safkan olduğunu gösteriyordu. Sokaktaki kediler, mahallelinin sevdiği saydığı köpekler çoktan başka mahallenin kütüğüne kaydolmuşlardı. Kedicikler yaşlı teyzeleri gidince zorunlu bir yolculuğa çıkmak zorunda kalmışlardı. Köpekler de bizim Alman kurdunun istilasına kurban gitmişlerdi.

Dökülen çimento o kadar hızlı kuruyordu ki neredeyse bir ay içinde binanın kökleri yeşermeye başlamıştı. Çirkin bir görüntü vardı. Demirler, tahtalar, vıcık vıcık çimento insanın iç organları gibi duruyordu. Temeli atılmış bu halinin içsel çirkinliğini hangi kostümle kapatacaktı merak ediyordum.

Bizim Alman kurdu hava kararınca pek ortalıkta gözükmez olmuştu. Sokaktan her geçişimde kovalayacağını bildiğim için adımlarımı erkekliğe laf söyletecek cinsten atıyordum. İki üç gece ortalıkta gözükmeyince bir rahatlama, adımlarda erkeksi bir açı oluşmaya başlamıştı. Ben dahil bütün mahallelinin yanıldığı bir şey vardı. Tam süngüleri indirdiğim anda arabanın arkasına saklanmış, gülerek, yalandan havlayarak peşimden kovalamaya başlamıştı. Havlamalarının arasındaki kahkahaları duyabiliyordum. Köpekler kahkaha mı atar demeyin, böğründen gelen bir çınlama ardı ardına sokakta yankılanıyordu. Balkondakilere, pencere önündekilere çekirdekli eğlence doğmuştu. Bizim Alman kurdu havlıyor, kahkaha atıyor, balkonlarda çaktırmadan bıyık altı gülüşler beliriyordu. Kimse gülüşünü orta yere bırakamıyordu. Yarın, kendinin de kurban olabilme durumunu düşününce içine içine gülmek en doğrusuydu. Mahalleye yeni gelenler için aynı şey söz konusu değildi. Yeni bir kurban gelince balkonlardan, perde aralarından kahkahalar bırakılıyordu. Bizim Alman kurdu da rolünü iyi oynamış aktörler gibi son kez havlar, selamını seyircisine çakardı.

Bina uzuvlarını göstermeye başladıkça biz de Alman kurduna alışmaya başlamıştık. İçten içe bir sevgi duyuyorduk ona. Bir nevi mahallenin güvenliği sağlanmıştı. En çok şikâyet edenler bizim Alman kurdunun suyunu, etini hazırlar olmuştu. Bu arada verdiğimiz yemeğe asla biz varken dokunmaz, bir süre ortalıkta dolaşır, artistlik yapar, sonra da madem ısrar ettiniz der gibi ağzının ucuyla yerdi.

Binanın kaba işçiliği bitmiş abluka hafiften azalmaya başlamıştı. Binalar da insanlar gibiydi, onların da bir ruhu vardı. İnsanlar binalara, mekânlara bir ruh katar, yaşanmışlıklar o ruhu dışa vurur, oradan sokağa yayılır ve o ruh kentin bir parçası haline gelirdi.

Bütün mahalleli bir sabah kötü bir hediye almış gibi uyanmıştık. Binanın dış cephesi bitmiş, iş merkezi görünümlü aynalı bir dekorumuz olmuştu. Kullanılan malzemenin pahalı olması, sözüm ona pırıl pırıl parlaması çirkinliğini ve ruhsuzluğunu kapatamıyordu. Dediğim gibi böyle böyle sokağın ruhunu, daha da önemlisi şehrin ruhunu yok ediyorduk.

Bizim Alman kurdu mahalleye o kadar alışmıştı ki binanın bitmesine üzülmüştü. Gözlerindeki hınzırlık gitmiş, gelene geçene havlamaz olmuştu. Arabalara da bulaşmayınca iyiden iyiye buralı olmuştu. Alışmak böyle bir şeydi galiba, bir kez ruhuna girince bütün bedenini esir alıyordu. Her canlının ihtiyaç duyduğu bir şeydi alışmak.

Bekçi gitmiş, inşaat işçileri memleketlerine dönmüş, bizim Alman kurdu gurbette kalmayı tercih etmişti. Bekçi eşyalarını toplarken ortadan kaybolmuş, bir gece kendine özgü havlamasıyla geri dönmüştü. İki hafta ortalıkta gözükmemişti. Kaybolduğunda ne yemiş ne içmişti bilmiyorduk. Gururluydu, böyle şeyler konuşulunca kuyruğunu sallar uzaklaşırdı. Gitmemesini bütün mahalleli ister olmuştu. Belki de kendi emekliliğini kendince kazanmış olmanın verdiği bir gururla böyle davranıyordu. Bir inşaata bekçilik yapmak, o sokağa alışmak, alışmaya çalışırken kendini kabul ettirmek istemiyordu artık. Alışmış olmanın verdiği huzurun tadını çıkarmak istiyordu.

Binaya, eski mal sahiplerinin yanı sıra yeni sahipleri de taşınmaya başlamıştı. Kedicikler göç yollarından gelmişler, teyzeciklerini bekler olmuşlardı. Balkonsuz yeni binaya bakan kedicikler, teyzeciklerini göremedikçe bizim Alman kurduyla dertleşmeye başlamışlardı. Sonradan öğrenmiştik, teyzeciklerinin oğulları evlerini satmış, kedicikleri aile içi mirasın kurbanı yapmışlardı. Kedicikler yeni takılan perdelere baktıkça içleri cız etse de sokaktan ayrılmamışlar, bizim Alman kurduyla beraber sokağa geri dönmüşlerdi. Kedicikler mamadan, sudan önce yaşlı teyzelerini bekler olmuşlardı. Kediciklerin hüznü bir yana bizim Alman kurdu sokağa huzur getirmişti. Bizim Alman kurdu diyorum devamlı belki içinizden bu kurt köpeğinin ismi yok mu diye soruyorsunuz? Teyzecikler gitse de eski binalar yıkılıp kentin tepesine kazuletler serpiştirilse de bizim bir Alman kurdumuz vardı. Evet onun bir ismi vardı. O bizim Alman kurdumuzdu.

Misket

Okuma yazmayı söktükten üç ay sonra elime tutuşturulan karneyle yaz tatilim başlamıştı. Sol göğsümde gururla taşıdığım kırmızı kurdelem artık yoktu. Yakam bağrım açıktı. Bedenimi saran kara önlüğüm pelerin gibi havalanarak bol pekiyili karneme görsel bir bütünlük katmıştı... Bir elimde karnem öbür elimde tatil kitabım vardı. Sırt çantamı deve hörgücü gibi sırtımda taşıdığımı söylememe gerek yoktur herhalde... Son ders günü olmasına rağmen çantamda fasulyelerden, renkli okuma kâğıtlarından tatil kitabını koyacak yer kalmamıştı. Çanta, çanta değil mübarek bakliyat deposu gibiydi. Büyüdükçe kafalarımızın hamur teknesine benzemesinin bununla bir ilgisi yoktu. Bu arada tatil kitabı deyip geçmemek lazım büyük pazarlama teknikleriyle satılan bu kitap bütün yazımızın kurtarıcısı, geleceğimizin teminatıydı. Boyama kitabından hallice olan bu kitap insan zekâsıyla dalga geçtiği gibi bir de sıcak geçecek günlerimize renk katacaktı. Tatil kitabının kapağında bir velet vardı ki evlat olsa sevilmez, o cinsten... Hepimize "Siz salaksınız oğlum" der gibi bakıyordu. Tamam, biz de Mısır hiyerogliflerini çözmemiştik. Alt tarafı "Ali ata bak" yazabiliyorduk ama at değil insandık sonuçta... Tatil kitabına emanet edilen bir nesilden çok şeyler beklendiğini yıllar sonra anlayacaktık. Sevmemiştim tatil kitabını, benim için büyük hayal kırıklığıydı.

Evde bol pekiyili karnemi teşhir ettikten sonra karnıma sakladığım tatil kitabını evin en gizli vitrin kapaklarında kaybetmiş, saklamış, içine çay doldurulmuş viski şişeleriyle önüne güzelce bir set örmüştüm. Tatil kitabını çöpe atamazdım, okul başlayınca öğretmen ödevleri kontrol edecekti. Kapaktaki velede çoktan sakal bıyık çizmiştim bile. Okulların açılmasına iki gün kala kitaptaki bütün soruları çözecektim. Güzel plandı...

Yaz tatilinin, beleşten gelen para gibi ne beti vardı ne de bereketi. Misket sezonunu tam açamadan on beş gün geçip gitmişti bile... Alamancılar daha gelmemişti, geldiklerinde misketlerini yütmek (yenmek fiilinin aşağılama yöntemiyle söylenme biçimi) çok keyifli oluyordu. Bizim mahalle biraz yukarda olduğu için eğimde oynamak zordu ve aşağı mahallenin çocukları deplasmana gelmeye korkarlardı. Büyük çekişmeli maçlar akşam yemeğine, bir annenin sesine kadar devam edebiliyordu. Misket oynayanlar bilir, her oyunun bir zemini vardır. Bu yüzden zemin etütlerini mahallenin abileri yapardı. Minik ellerimiz açıölçer gibi tüm geometrik şekillere bürünebiliyordu. Kuyu oyununu iyi oynayacaksanız başparmağınız, tumba oynayacaksanız bilekleriniz, baş oyununu iyi oynayacaksanız da gözleriniz sağlam olacaktı.

Küçük sermayemle başladığım misket sezonuna hızlı bir giriş yapmak istiyordum. Alamancıların çocukları gelmeden misket kurunda büyük oynamalar olmayacağını, kendimizi iç piyasa koşullarına teslim edeceğimizi biliyorduk. Bir gözüm misketlerde diğer gözüm Kapıkule sınır kapısındaydı.

Tatil kitabını arada kontrol ediyordum. Annem kitabı bulursa bırak misket oynamayı kapaktaki velet askere gidene kadar kafamı kaldıramazdım. Tükenmez kalemle velede çizdiğim sakal bıyığın da annemin gözünde sorumluluk duygumu alaburus (insanı mal gibi gösteren,insanlıktan çıkaran bir saç kesim modeli) edeceğinin kanıtıydı.

Aşağı mahalle deplasmanı olsun bizim mahalle oyunları olsun sıcakla beraber eller çatlamaya, Somali haritası gibi pul pul dökülmeye başlamıştı. Özellikle kuyu oyununda elimizi yere öyle bir yapıştırırdık ki eller toprakla beraber renk değiştirir, adeta topraktan geldik toprağa gideceğiz derdi. Akşam yemeğinde babama göstermemek için pul pul olmuş ellerimi Arap sabununa yatırdığım doğrudur. Kararan surat, yanık ense, çatlamış tavuk ayağına dönmüş eller, yaz tatilimin özetiydi. Küçük sermayem büyümeye başlamış, ayakkabılığa sakladığım misketlerim kışlıklara doğru yayılmaya başlamıştı. Gururluydum, az ve öz sermayemle büyük işler başarıyordum. Tatil kitabındaki veledin başardıklarımı görmesini isterdim.

Her akşam misketleri saklamak çok zordu. Babam misketleri bulursa Alamancıların çocukları gelmeden yerel mahkemelerce oyunlardan men edilebilirdim. Allah korusun...

Yaz tatilinin ortasına gelmiştik. Saçlarıma tarakla dalga kıvamında şekiller verebiliyordum. Aynadaki suratım biraz büyümüş olduğumu söylüyordu. Ee ne de olsa okuma yazmayı sökeli dört ay olmuştu.

Her kahvaltıda annem gazete okutturuyordu. Eğitim öğretim çalışmalarım bundan ibaretti. Okuma kitaplarının hepsi sıkıcıydı. Bütün karakterler ya çok salak ya da tatilde, orada burada keyif yapan sefa pezevenkleriydi. Tatilde şemsiye altında konuşmak kolaydı ama benim yaz tatilim toprak sahada misketlerle geçiyordu. Yaşamadığım şeylere ilgi duymayı hayat kısa zamanda bana öğretecekti.

Alamancıların çocukları gelince mahallede bir hareketlilik başlamıştı. Alaman arabaları bizim Tofaşlara küfür edercesine bakıyordu. Bir Kartal'ın bu kadar aşağılandığına şahit olmak istemezdim. Güçlü kaslarıyla Alaman arabaları sahiplerinin göbekleri kadar yer kaplıyordu. Cep telefonu icat edilmiş olsa arabanın önünde öz çekim yapardık ama ne teknoloji ne de Alamancıların fotoğraf makinesi buna uygun bir ortam yaratabiliyordu. Göbekli Alamancı, bira şişesi göbeğini duvara yaslayıp hepimizi Manisa bardağı gibi dizmiş, "Çocuklar arabanın önünde fotoğrafınızı çekeyim" demişti.

O yıllarda sadece araba önünde değil yeni alınan beyaz eşyalarla da fotoğraf çektirilirdi. Almancının arabasının önünde penguen gibi dizilmiş, insan gibi gülmüştük.

"Hepinize yollayacağım" demişti.

Bırakın fotoğrafı bir selam bile gelmemişti gurbet ellerden. Cebimdeki misketlerle çekildiğim o fotoğraf, göt göbek Alamancının sakladığı marklarla beraber kaybolup gitmişti. Hepimiz de ne güzel gülmüştük oysa...

Alamancıların çocuklarını ütüp, elimdeki misketleri o günün kurundan yuvarlama bir fiyatla satıyordum. Bütün mahalle Alamancıların kesin dönüş yapmasını umut ediyordu, böyle güzelim memleket bırakıp gidilir miydi?

Yaz tatilinin sonuna doğru poşet poşet misketim vardı. Bankacılığın nasıl ortaya çıktığını anlamıştım, bu kadar misketi saklayacak yer bulmak zorlaşıyordu. Akşam yemeğinden önce arkamı kolaçan edip kuytu köşe yerlere misketlerimi saklıyordum.

Okulun açılmasına bir hafta kala annem tatil kitabını bulmuştu. Kapaktaki velet her şeyi anlatmış gibi misketlerin yeri de deşifre olmuştu. Çöküşümün, iflasımın resmî açıklamasını babam yapmıştı:

"Al götür bu misketleri, haftaya okul açılıyor. Bir daha da eve getirme,şu ellere bir bak! Dilenci misin öğrenci misin belli değil."

Evdeki misketler sahip olduklarımın onda biriydi, ağaç diplerine çatılara sakladıklarım bir hazineydi. Alamancıların çocukları bütün servetlerini kaybetmişlerdi.

Okulun başlamasına bir hafta vardı. Uzamış dalga dalga olmuş saçlarım alaburus (açıklamasını yapmıştım çirkince bir şey işte...) kesim olmuş, havam gitmiş keyfim bir selamı arar olmuştu. Akşam olmadan eve gidecek, tatil kitabının içindeki ödevleri yapacaktım. Misketle olan maddi ve manevi bağım kopmuştu. Babam haklıydı aslında okullar açılacaktı, benim misketle falan ne işim olurdu. Mahallenin çocuklarına bir duyuru hazırlamıştım. En yüksek tepeye çıkacak, bütün misketlerimi talan duygusuna meyil vermeden dağıtacaktım.

Söz verdiğim saatte oradaydım. Çocuk gözlerimde mahşeri bir kalabalık vardı. Başka mahallelerden gelenler de vardı. Alamancıların çocukları da kaybettiklerini geri alma umuduyla oradaydılar. Servetini dağıtan bir deliydim onların gözünde.

Koca iki siyah poşete koyduğum misketler gözükmüyordu. Mahallenin abileri, şaka yaparsan misket diye seni fırlatırız, demişlerdi. Yaparlardı maazallah, misketle şaka olmazdı. Taşın üstünde parmak uçlarımda havaya kalkıp avuçladığım misketleri fırlatmaya başlamıştım. Kapış kapış yumruk tokat herkes misketleri kapmaya çalışıyordu. Üzerime gelen kalabalık korkutucu oldukça daha daha ileriye fırlatıyordum. Kollarım kuş olup uçabilir, dirseklerim bir ok gibi bulutlara doğru fırlayabilirdi. Bir yandan korkuyor bir yandan üzülüyordum bir yandan da bu durum hoşuma gidiyordu. Alnımın teriyle kazandığım misketleri dağıtmak minik benliğimde egosantrik kıpırdanmalar yaratıyordu. Misketleri o kadar uzağa fırlatıyordum ki bir misketi yakalamak için iki mahalle koşmaları gerekiyordu.

Akşam eve geldiğimde babam elinde çekiç, ağzında çivi bir şeylerle uğraşıyor, ağzının kenarıyla tuttuğu çivi sinirli olduğunu gösteriyordu:

"Ne oldu baba?"

"Ne olacak, camımız kırıldı. Terbiyesizin biri tepeden misket fırlatmış."

Ahmet oğlu Hasan

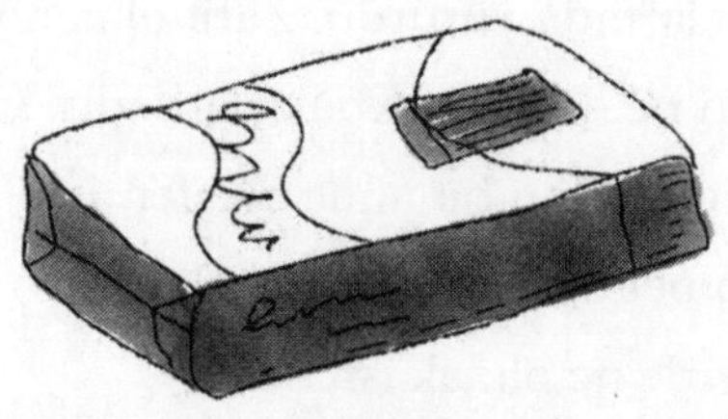

Ahmet oğlu Hasan... Suratının kara kuru oluşuna bakmayın, gözlerinden çıkan enerji bütün şehri aydınlatacak kıvamdaydı. Türkiye'nin en doğusundan en batısına göç etmiş bir ailenin dokuz yaşındaki oğluydu Hasan.

Hasan'la tanışmamız, sokakta selpak satan diğer çocukların yol kesmeleri gibi olmamıştı. İş görüşmesine gelen kariyerli bir erkek çocuğu gibi dikilmişti karşıma. İlk tanışmamız biraz mesafeli olsa da ne zaman çay içmek istesem, Hasan oturduğum masanın müdavimleri arasına girmişti. Sorulara soruyla karşılık vermez, kendine ait cümlelerle kendi cevaplarını soru gibi kullanırdı. Ne bakışlarında ne de sesinde ailesinin çektiği sıkıntılara dair bir ezgi duyamazdınız. Çok konuşmaz, konuşursa da insanın yüzüyle vicdanı arasında kadifemsi bir yumuşaklık yaratırdı. Altı yılı Kars, son üç yılı da İstanbul olmak üzere yaşadıkları Hasan'a, dokuz yıllık ömrüne tezat iki haneli sayılara yaraşan tecrübeler kazandırmıştı, ondalık sayıları çoktan devirmişti.

Beni ne zaman görse masama usulca yanaşır, yanımda birileri varsa sanki kırılacak dökülecek bir şeyler varmış gibi parmak uçlarında yürürdü. Zarif olmanın yaşı yoktur, zarafet bazen ne ses de ne bakışlardadır. Görünenin aksine hiç beklemediğin bir anda zarafet denilen şey, dokuz yaşındaki Ahmet oğlu Hasan'da belirebilir.

"Hasan ilerde ne olmak istersin?"

Elindeki selpak mendili masaya bırakmış, sanki bu soruyla hiç karşılaşmamış gibi;

"Bilmem, iyi bir şey olacağım ama."

"İyi bir şey derken?"

"Bilmem, iyi bir şey işte..."

Ne doktor ne de pilot olmak istemişti ama ben anlamıştım. Onun anlamlandıramayıp cümlelere dökemediği şey, sadece iyi bir insan olmaktı. Belki de ben öyle olmasını istemiştim. İyi bir insan olarak doktor da olurdu pilotda yeter ki insan olabilsindi...

"Gece geç saatlere kadar buradasın, nasıl eve dönüyorsun?" Samimi olduğumuz zaman sorduğum bu sorunun cevabı etrafımda kocaman bir çocuk kalabalığı olduğunu göstermişti.

"Ümraniye'de oturuyoruz, gece ne otobüs var ne de dolmuş biz de çiçekçi selpakçı bir araya gelip taksiye biniyoruz. Adam başı on lira düşüyor. Taksici komşumuz olduğu için biraz da indirim yapıyor tabii."

"Çok havalıymış."

"Çok selpak satamayınca pek havalı olmuyor..."

İnsanların çektiği acıları konuşmak, onları dinlemek o an değerli gelebilirdi ama Hasan'ın hikâyesi; babasının işsizliği, Kars'taki köylerinden gelişleri, annesinin hastalığı, dünyanın en mahrem hikâyesi olarak kalmalıydı ve kalabilmeliydi.

"İstanbul'u seviyor musun?"

Kars'ı, doğduğu köyü anlatırken İstanbul'u ne kadar sevse de içinin en uzak köşelerinde tozlu bir köy yolu vardı. Kim kızsa, kim bağırıp hakaret etse ortaya çıkardı; kalbiyle aklı arasına sıkışmış o köy yolunda koşar adım gidip gelirdi.

Ahmet oğlu Hasan en iyi arkadaşlarımdan biri olmuştu. Bazen sırf onunla sohbet edebilmek için çay içmeye giderdim, günlük sohbetimizi yapar çocuksu bir gıybetin günahını paylaşırdık. Birilerine kızdığında diğer çocuklar gibi küfretmez, ağzıyla dili arasına sıkışan bel altı cümleri utana sıkıla kendine saklardı. Utanma duygusu bir kere insanın ruhuna girince elmanın içindeki kurt gibi dolaşır; özümüze, çekirdeğe değerek bir organımız haline gelirdi. Her şeye rağmen utanma duygusu güzel bir duyguydu ve galiba en çok da Ahmet oğlu Hasan'ı anlatan duyguydu. Yanakları al al olsa da gözlerini dikip meydan okuyamasa da iyi şeyler en çok Hasan'a yakışıyordu.

Bir buçuk yıl sürmüştü dostluğumuz. En son eylül ayında görmüştüm; yağmurlu bir havada karşılaşmış, ayaküstü selamlaşmış iki iyi dostun tokalaşması gibi erkekçe ayrılmıştık. O yağmurlu günden sonra Hasan'ı bir daha görememiştim. Çiçekçisinden simitçisine seyyar olan herkese sormuştum Hasan'ı. Başına bir şey mi gelmişti acaba... Abilerinden de haber yoktu, soru sorulmasını sevmediği için hakkında bildiğim tek şey Ümraniye'de oturduklarıydı. Koca İstanbul'da Ümraniye denilen yer, bir anda İstanbul'dan daha büyük olabiliyordu. Ümraniye'deki bütün taksi duraklarını arayıp her gece çiçekçi, selpakçı çocukların bindiği bir taksiniz var mı diye sormuştum. Sayısını unuttuğum bu taksi duraklarından biri her gece bu çocukları alan bir taksici olduğunu söylemişti. Atlayıp taksi durağına gitmiş, taksiciyi bulmuş, Ahmet oğlu Hasan hikâyesinin sonunu ondan dinlemiştim. Taksici önce tedirgin olmuş, yüzümdeki kararlılığı görünce meselenin ne olduğunu anlamadan cevap vermişti.

"Valla abi, ben en son iş olarak onları alıp evlerine getiriyordum. Ben de üst mahallede oturuyorum."

"Nerde Hasan, gördün mü?"

"Hasan dediğin şu kara kuru olan mı, bir de abisi var?"

"Evet, bir de abisi var."

"Onlar taşınmış, köylerine gitmişler."

"Kars'a mı?"

"O kadarını bilmiyom abi."

Bizim Ahmet oğlu Hasan köyüne geri dönmüştü. Hikâyesi burada bitmeli miydi yoksa Hasan yeni bir hikâyemi yazmaya gidiyordu? Hasan'ı, sohbetini özleyecektim.

İçim biraz burulsa da belki tozlu köy yollarında kendi asfalt yolunu bulacaktı. O gece eve geldiğimde bir Hasan'ın hikâyesini sonlandırmıştım ki televizyondaki haber içime zehirli güveler saçtı. Memleketimin orta yerinde bir yurtta ismini bilmediğimiz çocuklar yanarak ölmüştü. Cümleler anlamını yitirmiş, duyduklarım gözlerimin gördüğüyle içimde ağlayan şelaleler yaratmıştı. Televizyonu kapatınca aklıma yeni bir hikâye gelmişti. Hasan'ın hikâyesi; belki de Hasan hissetmişti bir şeyleri.

* * *

Çünkü en güzel hikâyeler hep yeniden yazılanlardı...

Bi tebessüm halinde

Telefon zırıl zırıl çalıyordu. Ellerim kollarım karıncalanıyor, beton ve kalastan yapılmışım gibi boynumla gövdemi on beşlik bir çivi tutuyordu. Pinokyo'nun bedeni nasıl kayınsa, ruhu nasıl makiyse, ellerim kollarıma kıymık kıymık, parmaklarım telefonun "yes" tuşunda kurum kurum dökülüyordu. Avuç içlerim terlese de parmak uçlarım budaklı enseme şap şap vurarak bedenimi bir marangozhaneye çeviriyordu. Başıma gelecekleri hissettikçe Pinokyo'yu daha çok sevesim geliyor, sahibine, onu yapan ustasına ana avrat sövüyordum. İnsan şu burun işini halleder... Yalanın masalsı tarafını değil, gerçek hayattaki karşılığını düşünüyordum. On iki cevapsız arama sonrası bedenimi marangozhaneye çeviren melodiye son vererek, telefonu açıyordum.

Telefonun ucundaki eski dostum, hâlâ dostum, gelecek zaman içinde kurulacak bir cümlenin yükleminde yine dostum olacak olan Hakan'dı. Hakan'ı dinliyordum ve dinlemelerimin arasına uzun sessizlikler giriyordu. Anlatacaklarını ezbere biliyordum... Eski dostlukların eskiliğini konuşma aralarındaki sessizliklerden anlayabilirsiniz... Başıma gelecekleri biliyor, içimden söyleyeceğim yalanın provasını yapıyordum. Beynim bir tiyatro sahnesi, sol lobumsa yeteneksiz bir aktör oluyordu. Beceremiyordum bu rolü... Hakan, Aslı'yı seviyordu, Aslı'yla ben çok iyi arkadaştık, Hakan'la dost kıvamındaydık. Hakan bu gece harekete geçecek, söylenemeyen, yapılamayan bir aşk itirafının sezon finalini oynamak isteyecekti. Hikâyenin sonunu bilmeme gerek yoktu, Aslı gidiyordu... Aslı eylemini süsleyecek bir tamlama bulmuş "Okumaya gidiyorum" demişti. Hakan da kulağıma işlediği sesiyle, "Kız gidiyor abicim, akşam yemekte her şeyi anlatıcam" diyor, bütün âşıklar gibi aşkını kaybetme korkusuyla yurdunun okullarını övüyordu. Sessizliği bir kurtarıcı gibi görüp bir şey diyemiyordum. Öfkesinin dinmesini bekleyerek "hımm" diyordum. "Hımm", Hakan'ın kalp ritminde "hımm" dünyanın en masalsı sözü oluyordu. Telefonumun bataryası can çekişirken yine "hım" diyordum. Bu kez tek m'li söylüyordum ve kendimi kurban pazarında bekleyen tosuncuklara benzetiyordum.

Yemeğin nerede, kaçta olacağından tutun da masadaki birbirimize olan coğrafi konumu bile düşünmüştüm. Bir yığın yeşil renkli mesajlaşma trafiğinden, okundu işaretlerinden sonra her şeyi ayarlamıştım. Bir arkadaş, bir âşık ve benden oluşan yuvarlak masamız her şeye hazırdı. Ben çok konuşmuyordum. Hakan da aşk acısı çeken insanlara yakışan bir duruşla ağzıyla susuyor, kalbiyle konuşuyordu.

Aslı, gideceği şehrin detaylarını turizm rehberi gibi anlatıyor, aradaki zaman farkını şimdiden masanın ana konusu yapıyordu. Saat ilerliyor, sohbet koyulaşıyor, Hakan sessizleşiyordu. Aslı orada gideceği müzeleri anlatırken iki meydan, üç sergi arasında hayatında yeni bir insan olduğunu söylüyordu. Bir şeyleri hissetmenin verdiği ruh hali, turizm acenteciliğinden kadınlığa terfi ediyordu. Hakan, Aslı'nın son cümlesini, Çince duymuş olacak ki bıçağıyla ayırdığı kocaman yağlı eti ağzına tıkıştırıyordu. Ben yine "hımm" diyordum. Seviyordum "hımm"ları... Çaktırmadan Hakan'a bakıyordum, okuduğum senaryonun sayfalarını tekrar tekrar okur gibi... Her şey sessizleşmeye başlıyor, herkes susuyor, çatal bıçak sesleri Hakan'ın kalp ritminin sesine dönüşüyordu. Bildiklerimin, göreceklerimin yorgunluğuyla, ben de eti ağzıma tıkıyordum. Ete mi yoksa durumun kendisine mi "Hımm" diyordum.

"Hımm" gecenin özeti oluyordu. Aslı âşık olduğu adamı anlatıyor, kendisine iyi geldiğini, yurtdışına onun da geleceğini Hakan'ın nefes borusuna hohlaya hohlaya yolluyordu. Anlattığı adamın yüzünü ezberliyorduk. Ağzımıza hâkim olan acılı şalgam tadıyla adamı öldürmeye gidebilirdik. Hakan'ın yüzü kalbinin hazımsızlığından garip bir hal alıyor, suratındaki ifade büyük ermişlerin, Hızır Aleyhisselam görmüş yoksul köylülerin bakışlarına benziyordu.

Garson hesabı getirince Hakan ellerimize pat pat vuruyor, hesabı, aşk acısı çeken insanlara yaraşır bir delilikte bir çırpıda ödüyordu. Bütün insanlığın çektiği acıları kendi acısı sanarak garsonla ve her şeyle bol sıfırlı bir empati kuruyordu. Sükûnet denilen kelime o an masada yaşıyor, sessiz sessiz nefes alıyordu. Çaylarımız gelirken Hakan çaya anlamını, önemini veren bir demle tebessüm ediyor, şekerini karıştırırken çıkan sesleri kalbinin sesi sanıp Aslı'ya bakıyordu. Hikâyenin sonunu bilmeme gerek yoktu. Hakan'ın yüzüne baktıkça anlıyordum ki bir erkeğin en masum haliydi bu. Bi tebessüm halinde...

Yaşlı teyze

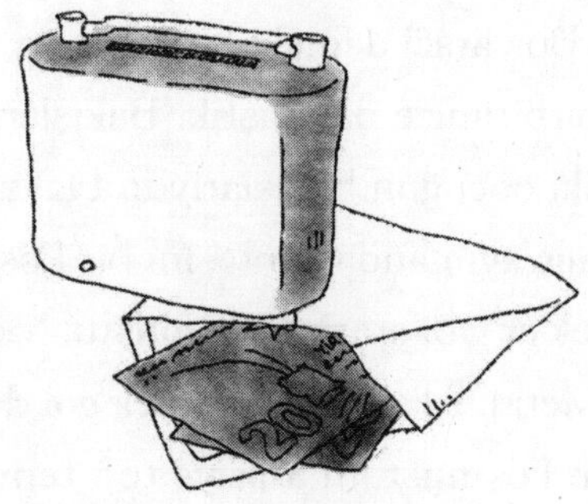

Tüfek icad oldu, mertlik bozuldu.

Eğri kılıç paslanmalıdır.

Köroğlu

Tüfek icat oldu, mertlik bozuldu. Google çıktı, ansiklopediler kupon olup uçtu. 180 kupona aldığımız arama motorlarımız karton kutular arasında sararmaya başladı. Dekoratif bilgi kaynağımız salonlarımızı, odalarımızı terk etti bizi yalnız bıraktı. Telefonlarımıza giren bilgiler Maltepe çöplüğü gibi avuç içlerimizde kokuşmaya başladı. Yani, gayrı kılıç kında paslanmalıdır...

Tozu dumana katarak bir araba geçmişti yanımızdan. Hakan her zamanki gülen yüzüyle arabanın bol sıfırlı fiyatını söyleyerek "Arabaya bak, dizel!" demişti. Okula giderken konuşacak bir şeyimizin olması çok iyiydi. Yolumuz tozlu, ayaklarımız bayramlıktı. Yürürken arabaları konuşmak tozlu yollara asfalt attırıyordu. Yürüdüğümüz yolları tasvir etmek gerekirse, binalar arası boş arazilerden bahsedebilirdim. Boş arazi demek; top demek, oyun demekti. Hakan'la birbirimize bakmıştık. Bakışlarımız top tepmek isteyen iki çocuğun bakışlarıydı. Hakan, bakışlarıyla ortayı yapmış aynı anda çantasını bir köşeye fırlatarak gol atmamı bekler gibi araziye koşmuştu. Metin, Ali, Feyyaz demişti. Metin, Ali, Feyyaz demek gol demekti... Ben de arkasından koşmuştum araziye top tepmeye. Topluiğne başına dönmüş kravatımı da kaptan pazubandı yaparak Hakan'la paslaşmıştım. Terlemiş koltukaltlarımız, ensemiz buram buram ergen kokulu bir hava yaratmıştı. İkinci derste coğrafya öğretmenimiz ülkeler coğrafyasını bizim suratımıza bakıp anlatabilirdi. Hakan terlemiş yüzüyle Afrika'nın çöllerine ben de coğrafya atlasının en kızarık yerlerine dönüşebilirdim. Kimlerle top oynadığımızı bilmiyorduk, herkes önüne gelen plastik topa vurmanın heyecanı içindeydi. Sanki maç yapmıyorduk da cirit oynuyorduk... Halimizden memnunduk ve üzerimizde ilk derse girmemenin verdiği fiziki bir rahatlık vardı. Bu rahatlığın ilk dersin fizik olmasıyla da alakası yoktu.

Okulu asmanın verdiği hazzın toprak sahadaki karşılığıydı. Ve bir gerçek daha vardı ki aynı mahallenin çocuğu olunca birbirimize pas vermek ikametgâh kâğıdı kadar resmi bir zorunluluk halini alabiliyordu. Kumaş pantolonuma yediğim tekmeler de başka mahallenin mührünü gösteriyordu...

Koşturup tepik attıktan sonra boncuk boncuk terleyince kendimi duvar dibine yuvarlamıştım. Burnumdan ağzımdan damlayan boncukları tespih çeker gibi şıp şıp dilimle topluyordum. O kadar susamıştım ki yanıma gelen yaşlı teyzeyi fark etmemiştim bile... İnsan çok susayınca hayat da susuyordu.

"Yavrum..."

Kafamı kaldırdığımda merhametli iki göz ve yaşlı bir beden bana bakıyordu.

"Buyur teyze?"

"Yavrum yanlış anlama, ben dilenci değilim."

Teyzenin dilenci değilim sözü bir şeyler isteyeceğinin posta güverciniydi. Yaşlı teyzenin kocası geçen sene vefat etmiş, hayırsız oğlunun borcu yüzünden emekli maaşına haciz gelmiş, ele güne, boncuk boncuk terleyen bana bile muhtaç olmuştu... Teyzenin anlattıkları susamış dilimde tsunamiler yaratmıştı. Üzülmüştüm, insan susayınca çok güzel üzülebiliyormuş. Yaşlı teyze benden ilaç parası istiyordu. Ben öğrenciydim, dilli kaşarlı bütçem bırak ilaç almayı, teyzede plasebo etkisi bile yaratamazdı. "Hakan!" diye bağırmıştım, Hakan kafasını kaldırıp bakınca durumu anlamış, hemen yanıma gelmişti. Yaşlı teyze sıkılmadan yorulmadan benden de destek alarak hikâyesini Hakan'a da anlatmıştı. Terlemiş suratlarımız yetmezmiş gibi teyzenin anlattıklarıyla gözlerimiz de terlemişti. Hakan'la yine göz göze gelmiştik. Bu kez ben pas atmıştım. Teyzeye yardım etmeliydik, en azından ilaçlarını almalıydık. Susuzluğumu unutmuştum, terim de derimde soğuyup serin bir hava yaratmıştı. Hakan'la ne yapabiliriz diye paslaşıyorduk ancak gözlerimizle yaptığımız tek kale maçın henüz skoru yoktu. Hakan koluma girip kulağıma "Sen evdeki kumbarayı getir. Ben de kardeşimin sakladığı parayı" demişti. Söyledikleri Robin Hood etkisi yaratmış olacak ki "Tamam" demiştim. Bir sorun vardı; ilk ders fizikti, annem evdeydi ve kumbara evin en merkezi yeri, salondaydı. Hakan'ın güleç suratında kendinden beklenmeyen bir ciddiyetle meseleyi çözmüş gibi bakış vardı: "Ödevi unuttuk deriz. Sen kumbarayı alırsın ben de kardeşimin parasını..." Bu kadar basit bir plan neden benim aklıma gelmemişti? Basit şeyleri çözememenin verdiği kibirli kıskançlık iki üç saniye bedenime misafir olmuştu.

"Teyze sen burada bekle, biz geliyoruz" demiştim. Yaşlı teyze bedenini bir taşın üstüne bırakarak sonsuza kadar bekleyebilirim der gibi suratımıza bakmıştı. Teyzenin son bakışı topuklarımızı yağlamış, koşarak evlerimize gitmiştik. Ben banka kumbarasını, Hakan kardeş parasını çalıp gelmişti. Gelecekte çoluğumuzun çocuğumuzun parasını da böyle çalıp hayırsız mı olacaktık? Dönüş yolunda Hakan'ın aklına yine bir fikir gelmişti. Komşumuz Nesrin Abla hemşireydi, alt sokaktaki sağlık ocağında çalışıyordu. Yaşlı teyzeyi sağlık ocağına götürüp tedavi ettirecektik. Hakan günündeydi ama yolda parayı bir zarfa koyup kumbaranın bozukluklarını tümleme kibarlığını da ben akıl etmiştim. Taşın üstünde bizi bekleyen yaşlı teyzeyi de alarak sağlık ocağına gitmiştik. Biz ne dersek kabul eden yaşlı teyze, vicdanımızın en genç sesiydi.

Hakan sağlık ocağının içinde Nesrin Abla'yla konuşurken ben de kırtasiyeden aldığım zarfı parayla doldurup yaşlı teyzeye vermiştim. Teyzenin gözleri dolmuş, salondaki kumbarayı bir kez daha parçalamıştı. Hakan sağlık ocağının penceresinden kafasını uzatıp "Gel gel" demişti. İçerideki ağlayan bebeler, sırada bekleyen kabakulak çocuklar İkinci Dünya Savaşı kartpostalı gibiydi... Nesrin Abla, çok sıra olduğunu, biraz bekleyeceğimizi söylemişti. Hemşire laflarının arasında, okula niye gitmediniz, demeyi de unutmamıştı. Hakan'la sağlık ocağından bahçeye çıkınca gözlerimiz yaşlı teyzeyi bulamamıştı. Tuvalete, koridora, bahçeye, boncuk boncuk terlediğimiz sahaya bile bakmıştık. Hakan'la vardığımız sonuç şuydu: Yaşlı teyze utanıp daha fazla rencide olmak istememişti. Bizler kötü çocuklardık. Teyzeyi utandırmıştık. Düşüncesiz, kardeş parası çalan, bugünün kumbara kırıcısı yarının banka soyguncusuyduk.

Ertesi gün yaşadıklarımızı sınıftakilere anlatmıştık.

Herkes yaşlı teyzenin hikâyesiyle ilgilenmişti. Teyzeyi bulursak yardım etmek için sırada bekleyen, baba parası çalacak çok arkadaşımız vardı. Okuldaki öğretmenlerimiz bile sıraya girmişlerdi.

Tozlu araziye uğrayıp, okula gidiyorduk. Yaşlı teyzenin oturduğu taş, Geyikli Baba Türbesi gibi olmuştu. Okuldan arkadaşları çağırıp mistik bir gezi düzenlediğimiz de doğrudur. Ders aralarında koridorda parmakla gösterilen hırsız yardımseverlerdik.

* * *

Her hikâyenin sonlanabilmesi için bir zamana ihtiyaç vardır. Tozlu sahada aradığımız yaşlı teyze aylar sonra başka bir mahallede karşımıza çıkmıştı. Sevinçten bağırmıştık, yaşlı teyzeyi bulmuştuk. Yaşlı teyzemize sorularımız vardı. İlaçlarını almış mıydı, hayırsız oğluna ve emekli maaşına ne olmuştu?

"Teyze sen neredesin?" Yaşlı teyze suratımıza şaşkın şaşkın bakarak bir şey diyememişti. Hakan güleç yüzünü gevşetip çizgi olmuş suratıyla her şeyi anlamış, ben de teyzenin sessiz kalan gözlerinde, anlattığı her şeyin tersini görmüştüm. Günlerdir teyzeyi aramış, bir umutla hayırsız evlat ve el konulmuş emekli maaş hikâyesinin doğruluğunun peşine düşmüştük. İyi niyetimizi temize çekmek istemiştik. Bundan sonra kime güvenebilir, kim için kumbara çalabilirdik ki? Ayrıca yeri geldiğinde o kumbaralar çalınabilmeli, hayır işlerinin teminatı olabilmeliydi, "İlaçlarını aldın mı?" demiştim. Teyzenin bize bakışı ve şaşkınlığının anlamı bugün geçerli olan bir bilgiydi.

Teyzeye kızamamış, var olan ayıbın ortağı olmak istememiştik. Kandırılan ergen bedenlerimiz gerçekle yüzleşmek istememişti. Kendi yalanımıza inanarak yeni bir gerçek yaratmak istemiştik. Okul müdürünün yardım edeceğinden söz edince yaşlı teyzenin suratının aldığı hali anlatmak bile istemiyorum. Okul müdüründen mahallenin esnafına kadar herkes yaşlı teyzenin hikâyesini biliyordu. Hayırsız oğlunu dövmek için mahallenin abileri plan bile yapmıştı. Hikâye kendi içinde büyümüş, hayırsız oğlu içip içip yaşlı kadını döver olmuştu. Kandırıldığımızı hissettikçe yaşlı teyzenin sorunlarını büyütmüş, salaklığımızı örtmek için dramatik bir hikâye uydurmuştuk. Kumbara çalan, kardeş parası aşıran mağdurlar olarak kayıtlara geçmek istemiyorduk. Yaratıcılık ve dedikodu böyle durumlarda asla sınır tanımazdı.

Yaşlı teyze sorularımıza cevap vermiyor, susuyordu. Utandığını düşünüp vermediği cevapları biz kendi aramızda veriyorduk. Belediye seçimlerinde vaatte bulunan aday adayları gibiydik. Teyzenin mobilyalarını bile alacaktık, kredi kartımız olmadan.

Yaşlı teyze saçlarını göstermeyen eşarbını düzeltip tek bir cümle söylemişti.

"Yavrum siz nerede oturuyorsunuz?"

Hakan kollarını pergel gibi açmış, parmak uçlarıyla göstermişti:

"Yukarı mahallenin girişinde, evlerimiz karşılıklı."

Yaşlı teyzenin gözleri parlamış anamızı babamızı hayal etmiş, bizi yetiştiren hayırsever insanları görmek istemişti. Biz böyleysek babamız neler yapmaz, annemiz neler vermezdi. Kızgınlığımız içimizde erimiş, ayıbın karşısında yanaklarımız rengini belli etmişti. Kandırılmanın verdiği ilkel bir haz vardı galiba, iyi insan olmaya çalışmak haz eşiğini yükseltiyordu. Yaşlı teyze arkasını dönüp, yokuşu çıkarken,

"Teyze unutma! Yukarı mahallenin girişindeki ev."

Koku

Yıllar önce...

Çantamın içinden bir koku yayılmaya başlamıştı. Kokunun kaynağını idrak etmem kırmızı önlüklü bir çocuğun çarpım tablosunu ezberlemesi kadar uzun sürmüştü. Defterimden yayılan koku çantamın içini esir almış, çantam başkasının çantası olmuş, vedalaşmaya gelmişti. Bu koku; yan sıramda oturan, ön dişlerini fare yemiş Ayça'nın kokulu silgisinin çantama, bana kattığı kokuydu. Defterimin sayfalarından sızan koku, evde masa başında ders çalışmaya çalışan çocuğun kokulu dünyasını yaratmıştı. Silmek ile koku arasındaki ilişki felsefeden çok hayat bilgisi gibiydi, yalın ve gerçekti. Silmek biraz da saklamak demekti. Pul biriktirir gibi o defterden yayılan kokuyla beraber anılarımı biriktirmeye başlamıştım. Bu, dünyanın en güzel hobisi olacak bir tutkunun başlangıcıydı. Yanlış yere konan virgülü silerken ne çok şeyi kaydetmiştim. Ön dişlerini fare yemiş Ayça'nın silgisi dünyanın en güçlü kaydedicisi olmuştu. Hayatım boyunca silmeye çalıştığım şeylerin kokmasını buna bağlamış olabilirdim. Silmeye çalışmak insanüstü bir eylemdi ve hayat, bir virgülü silmek gibi imla yanlışını kabul etmiyordu. Yıllar sonra Ayça'nın yüzünü hatırlamayacaktım belki de ama okul sırasında paylaşılan her şey kokuyla beraber zihnime, zihnimle beraber geleceğime sinecekti.

Yıllar sonra...

Kitapçıdaydım. En dalgın halimle en az satanları ziyaret ediyordum. Kitapçıdan çok kendimi markette gibi hissediyor, reyonlar arası edebi bir yolculuk yapıyordum. Türk edebiyatını dönerken montum, elim ayağım bir anda buram buram parfüm kokmaya başlıyordu. Kişisel gelişim kitaplarının arasında duran kız sıkmış olabilir mi diye de sağımı solumu kokluyordum. Yürüdükçe koku daha da artıyor, nefesimle etrafa parfüm monoksit yayıyordum. Koku hudutlarımda kocaman kalpçikler yaratan bu koku neden bütün vücudumu sarmıştı?

Kitapçıdan çıkıp yolun karşısındaki kafenin tuvaletine girmiş elimi yüzümü yıkayarak bu kokudan kurtulmak istemiştim. Yüzümü yıkarken aynanın gözüme değen yerinde kendimle göz göze gelip belki rüyadır deyip bir avuç suyu suratıma boca etmiştim. Kapı tıklanınca, bir tık sesiyle gerçekliğe dönüp yüzümü kurulamadan parfüm kokulu tuvaleti sırada bekleyen adama bırakmıştım. Tuvaletin kapısında karşılaştığım adama kıskanç kıskanç bakmıştım. Üstümden yayılan kokuyu almaması imkânsızdı ve o adamla onun kokusunu paylaşmak kıskançlık denilen kelimeyi tekrar hayatıma sokmuştu. Hızlı hızlı yürüyor, arada başımla beraber burnumu sağa sola döndürerek kokan yerlerimi işaretliyordum. Eve gidip duşun altına girip bir an önce bu kokudan kurtulmam gerektiğini biliyordum. Anıların kayıt dosyası açılınca dünya bir anda parfüm kazanına dönüşebiliyordu. Burnum koklamaktan yorulmuş ağzımla yer değiştirirken, en saçma anlar da karşımıza çıkan arkadaşlardan biriyle karşılaştım:

"Naber abi?"

Geçiştirme cümlelerinden birini kullanarak,

"İyiyim, sen?"

"İyiyim abi, işin yoksa gel bir çay içelim."

"Eve gideceğim."

"Bi çay ya..."

"Yaa, ben bir şey kokuyor muyum?"

"Ter gibi mi?"

"Kokuyu almıyor musun?"

"Yooo..."

Türkçede önemli bir karşılığı olmayan "yooo"nun üç "o"su kafamı iyice karıştırmıştı. Burnunun kemer altı boruları tıkanmış olmalıydı.

"Nasıl yani benden bir koku gelmiyor mu?"

"Yooo..."

Arkadaşımla yollarımızı kokusuz ayırıp kitapçıya geri dönmüştüm. Aslında ne yapmam gerektiğini çok iyi biliyordum. Üç şeye ihtiyacım vardı ama özellikle kokulu silgileri ziyarete gelmiştim. Rengârenk, adını bilmediğim, animasyon kafalı kokulu silgiler deterjan gibi kokuyordu. Dikkat çekmeden kokusu Ayça'nın silgisine benzer bir silgi bulup yanıma bir defter bir de kalem alıp kitapçıdan çıkmıştım.

Bir masada elimde bir kalem ve beyaz bir sayfa... Kokulu silgi bütün başroller gibi nerede kullanılacağının önemini bilir gibi masanın onur konuğuydu. Koku bir parçam olmuş gibi somutlaşmış, hareket halinde oturduğum masayı boyamaya başlamıştı. Kokunun kaynağını yazmaya başlamıştım. Tanışmamızı, ilk cümleyi, merhabayı...

MERHABA

MERHABA

Önümde duran çayı yarılamadan sayfalar dolusu yazmıştım. Güzel cümlelerin yarattığı ahenk zihnimin Yedikule zindanlarından fırlıyordu. Silmek istemiyordum hiçbir şeyi, her şey yazdıklarım kadar gerçekti. Kokusunu yazarken virgül bile koymadan bütün çiçekleri tasvir ediyordum.

MERHABA

Her şey bir merhabanın yarattığı masumlukta devam ediyordu. Kötü cümleleri yazacak bir lügatim yoktu. Yazdıkça bedenimi saran kokunun dağıldığını hissediyordum. Bütün yüklemlerin üstüne fesleğen kokuları siniyor, yüklemin gaddarlığı ve asiliği onun öznesindeki "güç"e kendini teslim ediyordu.

MERHABA

Dünyanın en güzel aşk kelimesi olarak altını çizerek yazıyordum. Biliyordum bazı kelimelerin kokusu vardı ve büyük şairlerin odaları hiçbir parfüm markasının üretemeyeceği kadar güzel kokardı.

Önümde duran çayı içmiyordum çünkü bizim çay içtiğimiz cümlelerimiz vardı. Anılara sinen şeyler şimdiki zamandan daha demli olabiliyordu. Çay kaşığının çıkardığı ses, yer ve zaman bildiren modern bildiricilerden daha etkiliydi. Suratımda kocaman ayçöreği gibi bir sırıtış vardı. Dudaklarımla dişlerimin arasında yüzüme yayılmayı bekleyen bir sırıtış...

Kafamı yazdıklarımdan kaldırınca yolda karşılaştığım arkadaşımla göz göze gelmiştim. Sırıtışım dişlerimin arasından iç organlarıma doğru kayıp gitmişti. Yanıma yaklaşarak ve bütün kinayeli tonlamaları bir araya getirerek,

"Abi hayırdır, eve gidecektin?"

"Bir çay içeyim dedim."

Sandalyeyi bir çırpıda çekip karşıma oturmuş,

"Haa...Bi çay da ben içeyim."

Sonra bir anda ayağa kalkıp burnuyla boğa gibi nefes alıp vermeye başlamıştı,

"Abi hayırdır? Kadın parfümüyle mi yıkandın, her yerin kokuyor.

Sırıtışımı yeniden ısıtıp:

"Yoo..."

Kardan adam

İyi insan, gülüşünü sevdiğiniz kişidir.
F. Dostoyevski

İyi insan kimdir, sorusunu sormam kendime... İyi insanların az gülmesi mi kötülerin salya sümük ağız dolusu kahkaha atma efektleri mi etkilidir? Sorulan her sorunun karşılığı bir cevap olarak kalsa da güzel bir gülüşün ardından soru sorulmaz.

Getirdi yüreğinin en titrek yerini koydu masanın ortasına. Bakışları, yaşlı teyzelerin fer fecir okuyan gözleri gibi süzüm süzüm süzüldü. Sekiz yaşındaydı, bana göre sabi sübyandı. "Ne var?" dedim. Dokuz yaşından gün çalmış olmanın verdiği mağrurlukla... Ekmek kırıntılarını ağzında toplamış gibi ufalaya ufalaya, yavaşça anlattı yılbaşı planını. Cama "Hoş geldin 1990" yazacaktık. Annesinin çekmecesinden çaldığı pamukla ve uhuyla seksenleri, tarihin karanlığına kozmetik olarak gömecektik. Hakan bütün planı yapmıştı. Bizim salon camı akşam için teşhir edilecek, ailelerimiz bizim evde toplanacaktı. İki mandalina arası yüklüce kısır yuvarlama, tombala çinko ve sonrası hoppala yatak. Özenle topak topak yaptığımız pamuklarla kar yağma efektini de unutmayacaktık. Dışarıdaki kar, gerçeğin acımasız tarafını yüzümüze vursa da biz dekoratif olmayı tercih edecektik. Japon yapıştırıcısı çok sonraları hayatımıza girecekti ve Japonya bizim için hep Barış Manço olarak kalacaktı.

Hakan yerinde duramıyordu. O kadar çok şey yapmak istiyordu ki sekiz yaşında olduğunu unutmuş sanki birinin hatırlatmasını bekliyordu. Dışarıdaki kar sadece cama yapıştırdığımız pamuklarla dalga geçmiyordu, seksenli yıllara da bir şeyler söylüyordu. Seksenlerin gösterişsiz ve mütevazı hallerini özleyecektik belki de ama doksanlardan beklentimiz o kadar güçlüydü, iki binlerin onu nasıl aşağılayacağı aklımıza bile gelmezdi.

Elimize yapışan uhuyu temizleyince Hakan ikinci planını anlatmıştı: "Kardan adam yapalım!" Saat on iki olunca bizimkileri arka bahçeye götürecek ve kardan adamımızı teşhir edecektik. Güzel plandı ve seksenlerin gösteriş-

siz tek kanallı hayatına yüksek çözünürlüklü bir görsel katacaktı.

Özel günler, huzurlu yalnızlıklarımızı boyadığı gibi bol bol anı biriktirmemize de sebep oluyordu. Hakan annesinden nasıl pamuk çaldıysa ben de buzdolabından havuç araklamıştım. Estetik kaygılardan dolayı da kömürlüğe uğramış, itinayla seçilmiş bir avuç kömür almıştım.

Arka bahçede, küreklerle kürediğimiz karla önce iri kıyım bir beden inşa etmiştik. Hakan dizlerinin önüne çökmüş, yoruldum numarasıyla ehlikeyif bir çocuk olduğunu bir kez daha göstermişti. İkinci katı ve boynuyla karnı arasındaki en incelikli yerleri üşüyen ellerimle yapmıştım. Hava kararmak üzereydi. Üşüyen ellerim hızlanmış, cerrahi inceliklerle kardan adamımın yüzünü insanileştirmiştim. Bembeyaz, pürüzsüz bir cilt, küçük kömür parçasından iki göz ve daha küçük parçalarla gülen bir surat... Kardan adamım o kadar güzel gülmüştü ki kömür parçasının karalığı içimi ısıtmıştı. Havucu burun, süpürgeyi de bedeninin bir parçası haline getirerek ışıl ışıl gülen kardan adamımı bitirmiştim.

Kardan adamım sekiz yıllık ömrü hayatımda bitirdiğimde hoşuma giden tek şeydi. Pastel boyalarla çiziktirdiklerim ve okuldaki patates baskılar, kardan adamımın yanında yontma taş devrinden kalma birer ucubeydiler. İnsanın bir şey yaratma içgüdüsü, yaptığı şeye olan hayranlığı bir havuç ve gülümseyen Zonguldak kömürüyle başarılabiliyordu.

Tek kanallı hayatın içimizi sakinleştiren, bir taraftan mışıl mışıl uyutan sesleri geri sayımla birlikte büyük bir heyecan yaratacaktı. Caddeler, sokaklar, koca Ankara, sekiz yaşındaymış da bugünü bekliyormuş gibi ışıl ışıl gülüyordu. Belli ki seksenleri hiç sevmemiştik...

Türkçenin bütün inceliklerini kullanan spiker piyango çekiliş sonuçlarını verirken bizim evde yine amorti sessizliği kazanmıştı. Annelerin yaptığı yemekler, portakal kokuları, uyumamak için kızma biraderden tombalaya terfi eden bizler, seksenlerden intikamımızı alıyorduk. 10, 9, 8, 7, 6... Yeni bir yılın başlangıcı, yeni umutlarla kucaklaşmalar ve geleceğe olan akıldışı inancımız, her şeye rağmen insan kalabildiğimizi gösteriyordu.

Uykumuzun en davetkâr olduğu saatlere gelmeden bizimkileri arka bahçeye götürmüştük. Kardeşler, abiler ardından nineler, yengeler bizimle arka bahçeye gelmişlerdi. Alkolü fazla kaçıran ve kaçak sigara içen balkon izleyicilerimiz de vardı. Arka bahçe bir şenlik, bir panayır yerine dönüşmüştü. Hakan'ın babası, baba bir sesle "Eee?" demişti. Ben de sürprizi ellerimle göstererek "İşteee!" demiştim. Benim işte deyip kafamı çevirmemle bütün mahalle kafasını çevirmiş, kardan adamıma bakmıştı. Ufak bir sessizliğin ardından kardan adamıma yaklaşınca burnundaki havuç cinsel uzva, gülen suratı da hain evlatların hayırsız sıfatlarına dönüşmüştü. Aşağı mahallenin kenafir gözlü çocukları kardan adamımı; ele güne, balkondaki alkollü Semih Amca'ya kadar rezil etmişlerdi. Kalabalığın homurdanarak gülmesi ve yaşlı teyzelerin çıkardığı sesler hâlâ bir havuçtan utanabileceğimizi gösteriyordu. Gözlerim boncuk boncuk dolmuş, ağlamamak için kendimi zor tutmuştum. Sevmemiştim bu doksanları... Hemen yatağa girmiş, yorganı üstüme çekerek bu geceyi unutmak istemiştim. İnsanların gülmesinden çok kardan adamımın başına gelenlere üzülmüştüm.

Kardan adamım öyle güzel gülmüştü ki keşke herkes öyle güzel gülebilseydi. Sanki kulağıma, sekiz yıllık ruhuma bir şeyler üflenmişti.

Yıllar önce bütün gülüşlerin toplamını kendi ellerimle yapmıştım. Yaşadıkça soluduğum nefes gibi sevdiğim yüzlerden, bakışlardan toplayacaktım onlarca gülüşü... Bazen bir sevgilinin gamzesine sinen gülüşte, bazen de bir dostun uzattığı elde ama en önemlisi bir aynanın önünde kendime bakar gibi içime içime güldüğümde...

Uyanır uyanmaz daha güzel gülen bir surat yapacaktım kardan adamıma. Sabah annemin sesiyle uyanmıştım. Saat öğleden sonrayı geçiyordu. Saate bakar bakmaz kardan adamım deyip arka bahçeye fırlayacakken penceredeki su damlacıkları bedenimi dondurmuştu. Yağmur yağmış, karlar erimişti. Gözlerimde dün geceden hazır olda bekleyen yaşlar nazar boncuğu gibi dökülmüştü. Koşarak arka bahçeye gittiğimde gülen kömür parçaları, havuç ve çalı süpürgesi ıslak zeminde kardan adamıma saygı duruşunda bulunuyorlardı. Eğilip küçük kömürleri elimle toplarken annem de sesiyle beraber gelmişti: "Gir içeri, üşüyeceksin!"

Elimdeki kömür parçalarına bakıp kardan adamımla konuşur gibi:

"Anne iyi adamlar hep güzel mi gülerler?"

"Nerden çıktı şimdi bu, kim söyledi bunu sana?"

"Kim söyleyecek: Kardan adamım."

Gitmek

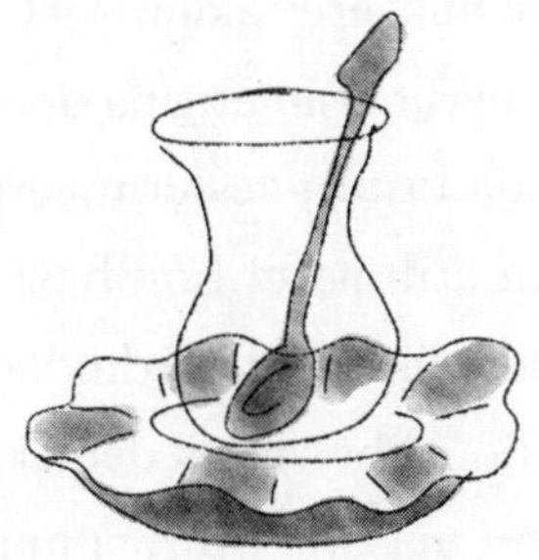

Cümlelerin arkasına sığınmak gibi bir âdeti vardı. Bense görünür olan şeyleri sevmez, görünmeyen cümlelerle buzdağları inşa ederdim.

Anlattı da anlattı. Uzun cümlelerinin arasına virgül niyetine nefesini bile koymadı.

"Gidiyorum" dedi. Gitmek fiili doğası gereği hep acımasız mı olmak zorundaydı? Hangi çağda, hangi zaman diliminde olduğumuzun bir önemi yoktu. Bir masada oturmuş, modern çağın soylu insanlarına yakışır gevezelikte bütün ilkelliğimizi ateşe atıp yakmıştık. Gitmek fiilinin arkasından bütün cümleler freni boşalmış kamyon gibi yokuş aşağı kendini salmış geliyordu. Geçmişin kronolojik hayıflanmalarını insanlığın tarih boyunca çektiği acılara eşdeğer kılmıştık. Kılmıştık derken ben sadece dinlemiştim ve dinleyerek bütün ayıpların suç ortağı olmuştum. Diş ağrısı çeken herkesin aynı acıyı çektiğini düşünürüm. Bizi birleştiren acılar çok basit gibi dursa da kalp acılarımızı konuşturmak, bir çift söz bulmak çok zordu. Güzel günler nefes borusunda bir miksere takılmış gibi posası çıkarılmış halde, sindirim merkezinin atığına dönüşmüştü.

Bir sessizlik anında bütün seslerin cereyanı kesiliyor, "Gidiyorum" ortaya atılmış el bombası gibi patlamayı bekliyordu. Kalabalık cümlelerin ardından sessizlik anları uzuyorsa cümlelerin içi boşalmış demekti. Sürenin dolmasını bekleyen, aynı masada oturuşumuzu resmi görev haline getiren bir zaman dilimi doğuyordu. Adı konulmayan gayri insani kurallar vardı. En güçlü durabilen hesabı isteyip kalkabilirdi. Güçlü olabilmek mühim bir meseleydi çünkü çocukluktan gelen kulak arkası bilgiler, "güçlü olmalıyız" derdi. Masada en uzun kalan daha çok acı çekiyor, daha çok seviyormuş gibi oluyordu. İkiyüzlülük değil mi bu? İkiyüzlü olmak istememiştim galiba: "Sen bilirsin." Bu sözler saatlerdir hatta bütün ilişkimiz boyunca bilebileceğim tek şey olarak kayıtlara geçiyordu.

Biliyordum yine bir sessizlik anı olacak ve atılan ilk kurşunla bütün cümleler geriye saracaktı. "Kalkalım" dediğim için gözlerine yerleşen öfke bulutunu görebiliyordum. Oysaki birbirimizi seviyorduk ve her şeyden önemlisi sevebilmiştik.

Hesabı istemiştim. Garson kendinden beklenmeyen bir çabuklukta para üstünü bile getirmişti. Biten bir ilişkinin ardından kurulan ilk cümle tarihe düşülen not gibi, her şeyin tarifini yapacaktı. Montlarımızı giymiş, gözlerimizi birbirine değdirmeden iki yabancı gibi ayaklanmıştık.

"Bırakayım seni?" Varla yok arası söylemiştim. Bedenlerimizde yeni tanışan insanların naifliği, suratlarımızda samimiyetsizlik vardı.

"Ben giderim." Onu daha önce hiç bırakmamışım gibi cevap verememiştim. Ayakta kalmış bekliyorduk. Geleceğimiz bir masanın etrafına sıkışmıştı. Gel de gülme işte, kocaman dünyada küçüle küçüle bir masanın ayaklarından biri oluyorduk. Gitmek isteyen oydu ama şu an gidemeyen ikimizdik. İşte böyle anların tadını veren bazen de tadını kaçıran insanlar vardır. Belki de on saniye süren ayaküstü bekleyişimiz tam sona erecekken masaların arasında eski bir arkadaşımızı görmüştük. Aynı anda el sallamış, aynı anda sarılmış ciğerimize, içimize sokmuştuk onu. Bu kadar sevildiğinden habersiz, hesabını ödediğim masanın onur konuğu olmuştu. Karyola büyüklüğündeki mönüler tekrar masaya gelmiş, biten bir ilişkinin uzatma dakikalarını "son çay"a kadar yaşamak istemiştik.

"Ben sizi tutmayayım, kalkıyordunuz." Meçhul dostum şaşırmış bir halde kibarlık yapmaya çalışmıştı ama bu kadar sevildiğini bilse bir çay da kendi söylerdi.

"Yaa olur mu uzun zamandır görüşmüyoruz. Bir çayın lafı mı olur" demiştim.

Meçhul dostumuz çayını yudumlarken kendisiyle konuşacaklarımız bir içimlik çay bardağı kadardı. Elimden gelse masanın ortasına semaver kuracaktım. Varsın meçhul dostum konuşmasın, çayını içsin... Aynı masada üstümüzdeki yüklerden kurtulmuş gibi sevgili rolünü oynuyorduk. Ben çayımı bitirmeden bir çay daha söylemiştim. Meçhul dostum da çayını ağzına yalandan götürüp tam kalkıyorken tatlısını ellerimle ağzına ağzına servis etmiştim. Anılar arşivimizden üçümüzün olduğu bir anıyı değerli kılmış, her anını konuşmuştuk. Sohbet tatlının en kremalı yerinde bizim ilişkimize gelmişti.

"Çok yakışıyorsunuz." Kafa sallayıp dişlerimizi göstermeden varla yok arası gülmüştük.

"Vallahi çok yakışıyorsunuz." Bu kez kafa sallamayıp varla yok arası gülmeyip bütün varlığımızla için için yanmıştık. Ben de daha kibirli bir surat takınıp gitmek isteyen sendin bakışımı atıp yine dayanamayıp varla yok arası gülmüştüm. Meçhul dostumuzu yedirmiş içirmiş ömrüne ömür katmış, ilgimizle boğmuştuk.

"Ben gideyim artık, arkadaşlara ayıp olmasın."

"Dur ya gidersin." Dünyanın en yalan cümlesini kurmuştum. Meçhul dostumuz ayağa kalkmış, biraz önce yaşanan sevgi seline cevaben boynumuza sarılmıştı. İnsan gidince bir sevimsiz oluyordu. Meçhul dostum giderken ikimiz de arkasından bakmıştık. Kendimize yalancı metaforlar yaratmıştık. İlk cümleyi kim kuracaktı ve ilk cümlenin ağırlığı son cümle olarak mı kalacaktı?

Sevimsiz garson yine hesabı getirmiş, teknik bütün olanakların önünü tıkamıştı. Ortada ne sığınılacak bir cümle ne de sessizliğe mahkûm edilecek bir zaman dilimi vardı. Bu kez ayağa kalkmamıştık, telefonla meşgul olup sakin gözüküp lanet olasıca gururumuzun esiri olmuştuk. Birbirimize bakmadan telefon ekranlarına yapışarak aynı anda ayağa kalkmıştık. Kafa seslerimizi görebilsek daha samimi bir dünyada yaşayabilirdik, gibi saçma bir cümle aklıma takılmıştı. Aklımdan geçenleri okusa, gitmesini istemediğimi baloncuk halinde kafamın tepesine yollayabilsem on numara beş yıldız olmaz mıydı? Bildiğim bütün totemleri iç dünyamda evirip çevirip evrene, belki görür umuduyla kalbimin üstünde olduğunu varsaydığım baloncuklara yolluyordum. Vicdansız garson bizimle beraber dikilmiş, gitmemizi bekler gibi elindeki bezle masayı silmişti. Yüreğimizin dibine otağ kurmuştuk... Masadan ayrılma vakti gelmişti. Yine aynı anda hareket etmiş, aynı anda sessizliği bozmuştuk.

"Seni bırakayım mı?"

"Ben giderim."

Üçüncü bir cümlemiz o an için yoktu. Tam kapıdan çıkmak üzereydik ki meçhul dostumuz telaşlı telaşlı gelip "Yarın doğum günüm, gelir misiniz?"

En iyi yaptığımız şeyi yaparak aynı anda "Olur" demiştik. Meçhul dostumuz kurtarıcımız olmuştu. Kendi masasına giderken kurtarıcımızı izlemiş, yüzümüzdeki tebessümü birbirimize çevirerek aynı anda olmasa da mırıldanmıştık:

"Oturup birer çay daha içelim mi?"

Havada anıların kokusu var

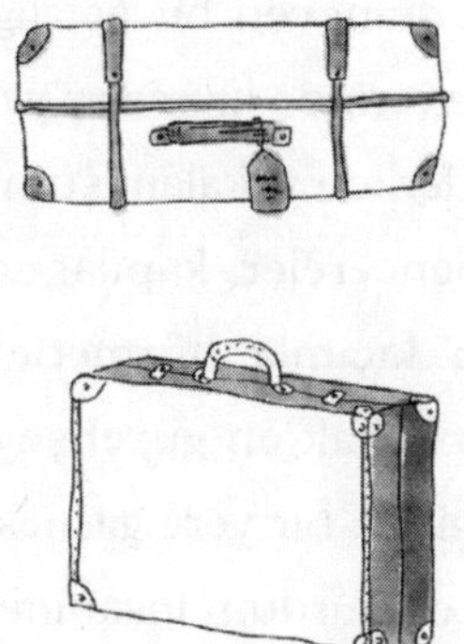

Yazın güneş sıcağını yollamaya başlayınca insanın tepesinde Trabzon ekmeği pişiyordu. Kelleler kepekli fırın tahtası, koltukaltları terden Dalmaçya desenli, durumla mücadele edenler saunadan çıkmış dünyalı... Eee... Sıcak sıcak olunca yaz da ayarlarıyla oynayınca insan ilkel kodlarıyla sıcağa bir açıklama yapmak istiyordu. Kimi şükrediyor, kimi "Allah klimayı icat edenden razı olsun" diyor, kimi de gözleriyle soluyup burnundan içeri çektiği havayı sonsuza kadar kullanacağını düşünerek cevap bile vermiyordu. Sıcak insanda öyle haller yaratıyordu ki üç tarafı denizlerle çevrili güzelim memleketim şişme su havuzuna oturtulmuş, çoluk çocuk, teyze, görümce, baldız el ele vermiş yollara düşmüştü. Ayağını sokacak su arayan yurdum insanının yollardaki hasır şapkalı halleri uçakları, trenleri, otobüsleri tıka basa doldurmuştu.

Sıcağa yapılacak bir şey yoktu... Doğayı yenmeye çalışmak insana özgü bir ahmaklıktı ve klimanın ayarını yükseltmekten öteye gidemeyen bir acizliğin göstergesiydi. Öyle ki evin en serin yerinde kıymasız yaprak dönere dönmüş, kendimi paketlerken yakalamıştım. Ellerim kollarım koltuğa yapışmış; pencereler, kapılar sonuna kadar açılmış rüzgârı başımla, kıçımla, hürmetle eve davet etmiştim. Bu havada yapılacak en güzel şey birkaç günlüğüne kurander serinliğinde bir yere gitmekti. Gideceğim yere bilet bulamasam da yurdum insanının planlı programlı halleri gözlerimi dolduruyordu. Teker üstü boş bir koltuk bulma umudum vardı. Telefonda bana sunulan bagaj ve muavin yeri tekliflerini ciddiye bile almadan gayretimi takdir ederek aramamı sürdürüyor, adını daha önce duymadığım bir firmaya yönlendirilerek sonunda cam kenarı bir bilet alabiliyordum.

Mayom, terliğim, diş fırçam ve bir çırpıda hazırladığım bavulumla otogarın yolunu tutuyordum. Sıcaklığı birkaç gün erteleme kararım bütün hücrelerimde bayram öncesi çocuksu bir heyecan yaratıyordu. Otogarda kavimler göçünün küçük bir sahnesi yaşanıyordu. Kim nereye göçüyor, kim nereden geliyor belli değildi. Otobüslerin arasında dolaşan sesler ortaçağ karanlığından kopmuş gibi insanın ruhuna giriyordu. Talan duygusu, içimizin kömürlüğünde yaşayan vandallık zaman ve mekân dinlemiyordu.

* * *

Otobüs tıslaya tıslaya usulca yanaşıverdi, sanki iki saattir biz onu bekletiyormuşuz gibi kapısını bir nazla açtı ki sormayın! Beklemek gerginliğin yareniydi. Böyle durumlarda hep sakin olmuşumdur. Otobüsle kanka olmuş gibi sakince koridoru okşayarak usulca otuz yedi numaralı koltuğumu arıyordum. Mülkiyeti dokuz saatliğine bana ait olan koltuğumda biri oturuyordu. Yaşının verdiği ağırlığı cümleme taşıyarak:

"Pardon! Amcacım orası benim yerim."

Paçalarımı sıvayıp dere kenarından atlar gibi yaşlı amcanın üstünden atlayarak otuz yedi numaralı koltuğuma yapışıyordum. Koltuk sevdası böyle bir şey galiba... Otuz altı numaralı koltukta oturan amca, orta yaşı çoktan geçmiş amcalıkla ihtiyarlık arasında bir yerde duruyordu. Yüzünde yaşının verdiği olgunluk, aksilik vardı. O yaşlara gelen erkeklere özgü derin anlamlı çizgiler yüzüne yuva yapmış, sanki yaşadığı her şey gözlerinde toplanmıştı.

Otobüs dolmaya başlıyor, ufak koltuk tartışmaları yerini su istemeye bırakıyor, muavinin yolculuk başlamadan su isteyenlere bakışı firmanın misafirperverliğini gösteriyordu. Otobüs hiç de nazik olmayan bir şekilde kalkış yapıyor, yollara düşüyorduk. Dirseklerimin değmemesine özen gösterdiğim amca sadece tek bir noktaya bakıyordu. Amcayla konuşmak istiyordum: "İyi yolculuklar."

Kafasını çevirmeden tek noktaya bakarak "İyi yolculuklar" diyor, sohbeti sonlandırıyordu. Saygı duymak, insanları rahatsız etmemek annelerin çocuklarına öğrettiği bir davranıştı. Ayrıca yabancılarla konuşulmaz, onların verdiği hiçbir şey yenmezdi. Gerçi amcanın bana vereceği pek bir şey yoktu ... Ne zaman bir insanın gözleri uzaklara gitse gözlerini kırpmadan aynı noktaya baksa, kimsenin bilmediği görmediği biriyle konuştuğunu düşünürüm.

"Buyurun isterseniz siz cam kenarına geçin." Uzun yolculuklarda "cam"a kafayı dayamak yorganın içinde hayal kuran bir çocuk gibi uzun yolculukları masalsı bir havaya çevirebilmenizi sağlıyordu. Amcanın masal kahramanlarını merak ediyordum.

"Sağ ol, gerek yok" diyordu. Sıcak havaya rağmen amcayla konuşmak istiyordum. Amcanın dünyayı geride bırakan bedeni oturduğu koltuğu musalla taşına çevirmiş gibiydi... Yüzündeki ifade, üzerinden geçtiğimiz bozkır kadar sertti. Amca aramızdaki bütün iletişimsel köprüleri yıktığı için kafamı iyice cama yaslıyordum. Benim kütlesel hacmimle amcanın arasında yeni bir koltuk inşa edilebilirdi. Bir süre sonra içerdeki sıcaklık amcayla aramda bir Meksika sınırı yaratmıştı.

Muavin çağırma butonuna on beş kere bastıktan sonra otobüs kaptanından daha havalı muavinimiz sonunda gelebildi: "Ooooo! Burası ne kadar sıcak abi." Elleriyle klimanın pırpırına dokunuyor, kaptanın yanına gidip geliyor, düğmeleri açıp kapıyor, amca yine aynı noktaya bakıyor, muavin "Abi senin koltuğun kliması bozulmuş, o yüzden sıcak üfürüyor" diyordu. "Anlıyorum" demekten öteye gidemeyen bir sinirle, bir poşetle klimanın pırpırını kapatıyordum. İçimden ettiğim küfürleri o an uydurduğum için yaratıcılığıma da hayran oluyordum. Amcanın duruma yorum yapmaması, durumu memleket meselesine getirmemesi, yolculuğun tek ilgi çekici yanı oluyordu. Bazen en iyi yol arkadaşı hiç konuşmayan, mümkünse horlamadan uyuyandır... Gerçeği kabullenip amcanın sessizliğini ninni yaparak uyumaya çalışıyordum. Klimanın üstüne yapışan poşetin hışırtısı ciğerlerime dolan sıcakla uyum yakalıyor, fosur fosur uyuyordum. Kafam pıt pıt cama vuruyor gözlerim nerede olduğunu kavrasa da zihnimin içindeki resimler kendine daha alengirli bir yer tasarlıyordu. Kafamın içinde bir oyun parkı inşa ediyordum. Dokuz saatlik yolculuk, sıcak üfleyen merkezi sistem hatası klimayla çekilmezdi. Kafamı dayadığım otobüs camını bir sinema perdesi yapıyor, bilinçaltımın derinliklerine iniyordum. Karşı şeride geçiyor, koşar adım bir yerlere yetişir gibi kamyonların, arabaların arasından geçiyordum. Hızlandıkça yaşımdan beklenmeyen bir yorgunlukla ellerim kollarım ağırlaşıyor, bir arabanın camına yansıyan yüzümü görünce her şeyi anlıyordum. Kendimi yaşlanmış buluyordum. Hızımı düşürüp yürümeye devam ediyordum. Yol ıssızlaşıyor, trafik ıssızlığa inat sıkışmış bir halde mendil satan çocukları bekliyordu. Araçların arasından geçerken yüzümü inceliyor; bakışlarıma, ellerime, yüzümdeki çizgilere bakıyordum. Arabaların içindeki genç bakışlarla selamlaşıyor, yaşıma uygun ağırlıkla onlara kafamla selam veriyordum. Yürüdükçe yüzler tanıdıklaşıyor, sevdiğim insanları görüyordum. Sevdiklerime selam vermek istiyordum ama sevdiklerim bırakın yaşlanmayı, daha genç görünüyordu. Yolun sonunda bana bakan kıza doğru ilerliyordum, gördüğüm kız öyle güzel gülümsüyordu ki sanki ıssız topraklar bir anda yeşeriyordu. Düşümü Hollywood sinemasının kıskanacağı bir teknolojiyle donatıyordum... Yaşlanmış gözlerimle, genç yüreğimi birleştirip güzel güzel bakıyor ama gitmem gerektiğini de biliyordum. Yüreğimin tanıdığı aklımın hatırlamadığı kızla bakışıyor gözlerinde tanıdık duran cümleleri topluyordum. "Yine karşılaşacağız" diyordum daha önce nerede karşılaştığımızı hatırlamadan. Belki uzun süre görüşmüş, görüşmelerimize düşsel aralar vermiştik. Ağırlaşmış bedenimle yürümeye devam ediyordum. Arabaların arasında benim gibi telaşla dolaşan birisi dikkatimi çekiyordu. Yanına yaklaştıkça onu gözlerinden tanıyordum. Amcanın bedeni gençleşmiş, üstünde aynı gömlek, aynı pantolon yirmili yaşlarını yeni devirmişti.

"Nasılsın?"

Cümleye amcanın başlaması beni şaşırtıyordu.

"Gel yolun karşısına geçip oturalım."

Yavaşça yürüyorduk, sağ olsun yol veriyor, yaşıma hürmet ediyordu. Yolun kenarına bilinçaltımın eskileriyle oturulacak bir bank inşa ediyordum. Oturur oturmaz ilk cümleyi ben kurmak istiyordum "Bu dünyaya bir daha gelsen ne olmak istersin?" gibi kendimden beklenmeyen bir soru soruyordum. Otuz altı numaralı koltuğun sahibi gibi uzaklara bakarak "Sevdiklerimi bir kez daha sevebilmek için yine kendim olmak isterim" diyordu. Düşümün gerçekliğini bozan bir ses oramı buramı dürtüklüyor amcayla beni görünmez bir resim haline getiriyordu.

"Abi! Top kek yiyon mu?"

"Sağ ol kardeşim."

Uykumun sedir altı köşelerinde anlamlı şeyler yakalamışken yiyeceğim top kekle karbonhidratlı gerçek yaşama dönmem sinir bozucuydu. Muavin topunu kekini verirken amcayla göz göze geliyorduk. Gençliğinden getirdiği taze, gevrek gülümsemesiyle bakıyordu. Muavin, amcaya çayını uzattıktan sonra az önce pişirdiği sırıtışıyla yüzüme bakarak: "Al abi sana su da vereyim. Kendi kendine konuştun durdun, boğazın kurumuştur."

Otobüs yoluna devam ederken, amcayla beraber gülümseyerek top keklerimizi yiyordук.

Öykülerde buluşalım

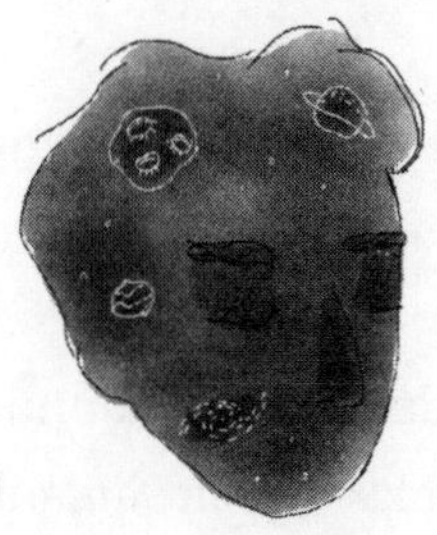

Kafasına Göre dergisine yollayacağım öykünün düzeltmelerini yapmış, derginin editörü İdil'e son öykümü yollamıştım. İnsan yazar olmayınca mesleğin ağırlığı ve sorumluluğu yazılan her öykünün içine sinebiliyordu. Büyük yazarlar ve şairler yazdığım cümlelerin arkasından bana bakıyorlarmış gibi hissediyor; onları üzmemek, emeklerine ve dertlerine saygısızlık etmemek için yolladığım her öyküden sonra içimden özür diliyordum.

Öyküyü yazıp yolladıktan sonra kafamın içinde gürültü çıkaran cümleler yerlerini sessizliğe bırakırdı. Bir süre sessizliğin tadını çıkarır, içimdeki topraklar çoraklaşmaya başlayınca yeni cümlelerle tohumlarımı ekmeye çalışırdım... Çayı demliğe koymuştum. Öykümü zamanında yollamanın rahatlığıyla keyif çayımı içecektim ki telefonumun e-posta kutusuna İdil'den bir geri dönüş mesajı gelmişti:

Selam,

Öykünü keyifle okudum ama keşke şakanı biraz erken yapsaydın. Derginin sayfa düzenlemesini yeni bitirdik. Yeni tasarım için zamanımız kalmadı :(

İdil'in ne demek istediğini anlamamıştım. Şaka yapmayı çok severdim ama yazıyla, nimetle şaka olmazdı... Hemen İdil'i aramıştım; e-postada bahsettiği şaka ne anlama geliyordu? İdil, her daim hazır bulundurduğu kahkahasıyla, telefonu açmış şaka meselesini anlatmıştı. İdil'i dinledikten sonra aynı soruyu ben ona sormuştum:

"Şaka mı yapıyorsun?"

"Haaaa!"

Ortada dolaşan şaka, tenis maçına dönmeden işin aslını öğrenmem gerekiyordu. Yolladığım son öykü uzun zamandır aklımda dolaştırdığım, kimseye anlatmadığım bir öyküydü. Ve *Kafasına Göre* dergisinin okur köşesine yollanan öykülerden biri, yolladığım öykünün aynısıydı. Öyküyü okumaya başlayınca İdil'in ne demek istediğini anlamıştım. Ortada bir şaka varsa bana yapıldığı kesindi. Gönderen kişinin sadece e-posta adresi vardı...

Feride Yıldırım adına kayıtlı yüzlerce hesap ve görsel arasından, tanıdık bir yüz bulmaya çalışmıştım. Öyküsünü benden önce yollamış olması beni arakçı konumuna düşürse de saçma bir şakanın kurbanı olmak istemiyordum. Çayımdan küçük bir yudum almış, bilgisayarımın virüs yoluyla ele geçirilmiş olduğu durumunu düşünüp modern insan paranoyalarını yaşamak istememiştim. Güneşin altında söylenmemiş söz yoktu ama tanımadığım, görmediğim biriyle nasıl aynı öyküyü yazabilirdim ki? Şaşkınlığımı bir kenara bırakıp hafızamın beyaz sayfalarını karıştırmaya başlamıştım. Okuduğum, sevdiğim bir yazarın öyküsünden mi etkilenmiştim acaba? İkimizde aynı öyküyü sevmiş, etkilenmiş, bilinçaltımıza depolamış olabilirdik. Hikâyecilikte, senaristlikte bu durumun yaşanması doğaldı ancak yazdığım öykü benimle ilgiliydi. Büyük yazarları, şairleri, okuduğum öykücüleri ilgilendirmeyen bir konusu vardı. İşin ilginç tarafı, öyküyü ben erkek bakış açısıyla, yollayan kişiyse kadın bakış açısıyla yazmıştı: Bir adam çocukluğunda gördüğü bir ada fotoğrafının peşinden gider. Adam rüyasında adayı görür, kan ter içinde uyanır, gece uçak bileti alır ve yanına hiçbir şey almadan adaya gider. Gittiği adada bir kadınla tanışır. Büyük bir aşk yaşamaya başlar...

İki hikâyede de adaya gitme öyküsü ve anlatılan yere dair benzetmeler aynı insanın cümleleri, aynı hayal dünyasının buluşma noktası gibiydi. Cümlelerin arkasına gizlenen büyük yazarlar izin verirse öykülerin içinde buluşmak mümkündü... Soğumuş çayımdan son yudumu almış önümdeki e-posta adresine bir şeyler yazmıştım:

Selam,

Öncelikle ekte yolladığım öykümü okumanızı isterim. Öykünüzü benden önce yollamanız şaka yaptığımı düşündürebilir, bu durum basit bir tesadüf de olabilir ama şunu bilmenizi isterim ki bu öykü benim için çok değerli. Geri dönüş yapmanızı beklemiyorum sadece bilmenizi istedim.

Kolay gelsin.

E-postayı yolladıktan sonra karşımdaki insanın kim olduğunu merak etmiştim. Yazdığım mesaj biraz mesafeliydi ama geri dönüş yapması kim olduğunu öğrenmemi, cümlelerinin arkasına saklanan insanı tanımamı sağlayabilirdi. Yazdığım öykünün ana fikri bir hissin peşinden gitmekti. Tarif edilmeye, görünür kılınmaya çalışıldığında aklın bataklığında kuruyabilecek incelikteydi. Öyküye edebi bir anlam katmak adına söylemiyorum, aynı hissi paylaşabileceğimizi, yalnız olmadığımızı, bizim gibi düşünen, hisseden insanların varlığını ifade edebilmek adına söylüyorum. Evrende yalnız olduğumuzu düşünsek de öyküler, cümleler hatta kelimeler aynı şeyleri hissetmemizi sağlayabilir, bizi birleştirebilirdi. İkizlerin yaşadıkları böyle bir şeydi herhalde...

Dergide başka bir öyküm yayımlandı. Pişti olan öyküler basılmamıştı. İdil'le Yasin hâlâ şaka yaptığımı, iki öyküyü de benim yazdığımı düşünüyorlardı. Daha fazla dallanıp budaklanmaması için konuyu kapatmıştım. Ne de olsa mahrem bir konuydu; geyik muhabbeti, arzu nesnesi haline getirilmemeliydi. Ada öyküsünü bilgisayarımdan, belleğimden, duygularımdan silmiş böyle bir öykü yazmamış gibi davranmaya çalışmıştım.

* * *

Kafasına Göre dergisi iki ayda bir çıkıyordu ama sayılı gün çabuk geçer hesabı yeni yazının tarihi hemen kapıyı çalıyor, ne yazacağımı düşünürken kafam devamlı ada öyküsüne gidiyordu. İçimde tamamlanmamış bir şeyler, eksik bir duygu vardı.

Kafamda gezdirdiğim mekânlar yerleşik olmadığında bir bela gibi kelimelerime sinecek, ben buradayım diyecekti. Yeni yazdığım öyküyü özellikle başka mecralar, duygular üzerinde pek inanmadığım bir mevzuyu laf olsun diye yazmış, yollamıştım. Yolladıktan sonra her zamanki gibi çayımı demliğe koymuş yazıyı yollamanın verdiği rahatlıkla koca demliği bir oturuşta içmiştim.

Oturduğum koltukta kendimi uykuya teslim etmişim. Zorlamadan, usulca gelen bir uyku hali içindeydim... İçtiğim bir demlik çay karnımda semaver genişliğinde şişkinlik yaratmış, uyku için uygun fiziksel ortam oluşmuştu. Uykuyla uyanıklık arasında ince bir çizgi vardır ya, işte o ince çizginin üzerinde gezip duruyor, ne tarafa düşeceğimi bilmeden kendimi sessizliğe bırakıyordum. Adımlarımı yavaşça atıyordum. Her adımım uykuya beni biraz daha yaklaştırıyor, ayaklarımdan bileklerime yükselen suyu hissedebiliyordum. Denizin kıyısındaydım, sığlıktan derinliğe doğru yürüyordum. Bakışlarım suyun içinde adımlarımı nasıl atacağımı hesaplamaya çalışıyor, ayağıma batan taşlar ve parmak uçlarımda hissettiğim yosunlar nerede olduğumu anlamamı sağlıyordu. Kafamı kaldırıp baktığımda aynı adaya geldiğimi anlamıştım. Güneş batmak üzereydi, belki de yeni doğmuştu. Aslında zamanın bir önemi yoktu, suyun içinde olmak iyi gelmişti. Kurduğum cümlelerle bu adaya daha önce gelmiş, uzun bir uçak yolculuğu yapmış, bu adada âşık olmuştum. Kelimelerim cümlelerimi, cümlelerim âşık olduğum kadının görünmeyen inceliklerini yaratmıştı. Öykümde anlattığım kadını burada tekrardan görebilecek ve hatırlayabilecek miydim acaba? Dekordan yapılmış bir adanın içinde değildim. Denizde yüzen, iskeleden atlayan, sahilde yemek yiyip kahkaha atan, güneşe ve bulutlara bakan insanlar vardı. Herkes gülüyor, gerçekliği zorlayan bir görüntü ortaya çıkıyordu. Etrafımdaki herkes düşlediğim dünyanın provasını yapıyor gibiydi. Denizin içinde insanları izliyor, eğlenen gülen insanlar arasında âşık olduğum kadını arıyordum...

Kanepedeki yarımay şeklindeki uykum derin bir iç geçirmeyle bozulmuştu. Bedenim uyuşmuş, ayak bileklerim de ıslanmış gibiydi. Oturduğum yerden zorda olsa kalkmış duşa girmiştim. Suyun altında olmak uyuşmuş bedenime iyi gelmişti. Ada öyküsü sadece kafamda dolaşmayacak düşlerimi de ziyaret edecekti, anlamıştım. Kanepeye tekrar oturmuştum. Öykünün devamını nasıl yazmam gerektiğini düşünürken telefonuma gelen bir e-posta hemen dikkatimi çekmişti.

Selam,
Ben Feride Yıldırım. Yolladığın öyküyü şaşkınlıkla okudum.
Yazdığım öykünün devamını okumak istersen ekte yolladım.
Kolay gelsin.

"Denizin içindeydim. Suyun içinde bir şeyleri bekliyor gibi etrafıma bakıyordum. Gülen, eğlenen insanların içinde bir adam kafası önde sadece suya bakıyordu. Adaya yabancı olduğu belliydi. Adımlarını korkarak atıyordu. İçinde bulunduğu yerin güzelliği ruhuna cesaret veriyor, adımlarını daha büyük atmak istiyordu. Adama yaklaşıyor, yaklaştıkça kim olduğunu anlıyordum. Âşık olduğum adam, yine adaya gelmişti..."

Bence de Sefa

"Sefa."

"Mırr..."

Koltuğun en serin yerinde, kafasını kaldırmadan tekinsiz bir ifadeyle bana bakıyordu. Böyle anlarda tekil ilişkimize tekir bedeniyle tekinsiz bir anlam katardı. Ne söyleyeceğimi anlar, bütün dillerde aynı anlama gelen sesini küçük bir esneme hareketiyle salıverirdi. Kafasını kaldırmadan parlayan gözleriyle sadece bana değil, anlatacaklarıma da bakıyordu.

"Mırr..."

Kelimelerimi cümlelerime bağlarken hangi virgülde nefes alacağımın provasını yapmıştım.

"Sevgilim var."

"Mırr..."

"Yeni sayılır, yani uzun zaman olmadı."

Kafasını kaldırmış bedenini esnetmiş, devamını yolla bakalım, der gibi bakmıştı.

"Eee... Birbirimizi seviyoruz ve beraber yaşamaya karar verdik."

Bu kez kafasını kaldırmamış, olduğu yerde kıçını dönerek söyleyeceklerime kuyruğuyla tüy dikmişti.

"Buraya taşınacak, beraber..."

Guruldaması artmış kafasını yastığın altına sıkıştırmıştı. Devamını duymak istemediğini kuyruğunu titretmesinden anlayabiliyordum.

"Eee..."

Kanepesini, çalışma masasını başka biriyle paylaşacak daha doğrusu evine, ocağına incir ağacı dikilecekti.

"Eee... Onun da bir kedisi var..."

Cümlemi bitirmeme izin vermemiş, kuyruğunu patisini alarak diğer odaya gitmişti.

"Mauvv..."

Sevgilim, bir hafta sonra bavulu ve kedisi Linda'yla evime yerleşmişti. Sevgilimin kedisi beyaz tüylü, mavi gözlü bir Ankara kedisiydi. Duruşundan, tüylerinin simetrik yayılışından, mavi gözlerinin sakinliğinden, zor şeyler yaşamadığını anlayabiliyordum. Dişi kedilerin sevimliliğini bir rol gibi üzerine giyinmiş, evin yeni minnoşu olmak istediğini belli etmişti. Sefa da koltuğun en itibar gören yerine yerleşmiş, duruşuyla, sakinliğiyle, burası benim evim, demişti. Sefa ne kılını ne de kıçını oynatmıştı. Misafirperver olmadığını hissettirmek için olduğu yerden kalkmıyor, kuyruğuyla vereceği bir selamı çok görüyordu. Linda akıllı uslu bir kediye benziyordu. Daha büyük bir evden gelmesine, daha iyi şartlarda yaşamış olmasına rağmen evime alışmaya çalışıyor, Sefa'nın bütün kabalıklarını minnoşluğunu bozmadan yumuşak tüyleriyle hafifletiyordu.

Sevgilim, ikinci ardından üçüncü bavulunu eve getirmişti. Misafir kontenjanından ev sahipliğine yükselen bavul katsayılı bir ilişkimiz vardı. Linda da kokusunu sevdiği yerlere bırakıyor, doğası gereği yeni evinin sahibi oluyordu. Bavulların sayısı arttıkça Sefa'yla göz göze geliyor, içinden ettiği küfürleri sadece ben duyabiliyordum."Mırr" diyordu ama belden aşağı saydırdığını tonlamasından anlayabiliyordum. Korkumdan Linda'yla ilgilenemiyor, kapalı kapılar ardında sevgimi gösterebiliyordum.

İki erkek ve iki kadından oluşan ev yaşamımız kaynaşma süreci dışında sakin ve küfürlü ilerliyordu. Sevgilimi çok seviyor, onun evde olması, aynı yatağı paylaşmamız beni çok mutlu ediyordu. Canımlı cicimli, aşkımlı cümlelerimiz duvarlarda sekiyor, Sefa'nın kucağına düşüyor, orada işlenip, ağırlaştırılmış küfürle bana geri dönüyordu. Sefa'nın huysuzlukları dışında iyiydim, iyi giden bir ilişkim vardı ve iyi giden şeyleri sorgulamamayı öğrenmiştim...

Kahvaltılar, uzun çay sohbetleri, dost ziyaretleri ilişkimizi hep sıcak tutuyordu. Evin ortasına ne zaman bir sessizlik düşse içimin yangın yerlerindeki küçük otlar hemen tutuşmaya başlardı. İki sevgilinin konuşamadığı, paylaşamadığı zamanlar sessizlikle büyür, bir ormanı yakacak ateşi çıkarabilirdi. Sessizlikten kaçmıştım, koşar adım kaçmış, gürültünün kalabalığın içine salmıştım kendimi. Her gün bir misafirimiz, gürültü çıkaran cümlelerimiz, dost sohbetine sinen kaçışlarımız vardı.

İlişkimin ikinci ayında Sefa bana küsmüştü. Beni benden daha iyi tanıdığı için bana bir şeyler anlatmak istediğinin farkındaydım. Misafir sayısı azaldıkça ilişkimize değen tatlar ekşimeye başlıyor, sessizliğin yarattığı korkutucu içsel bağırışlar dilimize, oradan gözlerimize yansıyordu. Konuşacak, paylaşacak çok şeyin olduğunu bilmek sessizliklerimizi daha da büyütüyordu. Biz sustukça Sefa'yla Linda sessizliğin içinde birbirlerini bulmaya başlıyorlardı. Minnoşluk seviyeleri artıyor, büyük bir aşkın ilk mırıldanmaları hissediliyordu. Dost sohbetleri küçük kavgalarımıza iyi gelmiyor, avuç içlerimize yerleşen telefonlar kurtarıcımız oluyordu. Aynı koltukta oturup görünmez bir duvar inşa etmiş, avuç içi kadar küçülen ilişkimizin surlarında gedikler açmıştık.

Sessizliğin içine yerleşmiş, bir ses bombası önce kalbimde patlamış sonra bütün bedenime yayılmış, ağzımda kötü bir tat bırakmıştı. Kalbime vuranlar, sevgilimin diline vuruyor, yüklemsiz cümlelerini birbirine bağlıyordu. Yüklem niyetine sakladığı son cümlesinin pimini çekip elime veriyordu:

"Ben gidiyorum..."

Kedisi Linda'yı almış gitmişti. Taksit taksit gelen bavullar bir çırpıda kaybolmuştu. Linda'nın gidişi Sefa'ya iyi gelmemiş, bakışlarıyla beni aşağılamaya başlamıştı.

"Sen aşk nedir bilir misin?"

"Bilirim tabii?"

"Bence bi halt bildiğin yok, bilmediğin gibi bana da mutluluğu çok gördün."

"Sen de hep kendini düşünüyorsun."

"Sen öyle san... Kedileri yanlış tanıyorsun."

Koltuğun en itibarsız yerine oturmuş, kedimle konuşuyordum, kafayı mı yiyordum yoksa vızıldayan kelimeler aklımı mı ısırmıştı?

Aradan üç ay geçmişti. Sefa'yla olan limoni ilişkimi biraz tatlandırabilmiş, en azından sabahları bir günaydın alabiliyordum artık. İkimizin de en huysuz olduğu vakitler vardı; uyumadan önce günün bütün yorgunluğunu suratımıza işlerdik. Sefa'nın gözler kaymak, benim gıcıklığım uykuma karışmak üzereyken dış kapıdan kulakları ısıran bir ses gelmişti. Kapının arkasındaki ses ikimizi de uyandırmış, kapıya yöneltmişti. Kapıyı açtığımda Linda karşımızdaydı... Evinden kaçmış, kokuları takip etmiş, aşkının pe-

şinden gelmişti.

"Mırrr... Mırrrr..."

Linda'nın ne dediğini sadece üçümüz anlayabilirdik:

"Bence de Sefa..."

Türk edebiyatı

DERZ	Hakan Günday
GÖRÜNMEYEN KADINLAR	Gülseren Budayıcıoğlu
KAYIP AĞAÇLAR ADASI	Elif Şafak
KADER TATİL YAPMAZ	O. Ertuğrul Önen
AĞITIN SONU	Menekşe Toprak
TEMMUZ ÇOCUKLARI	Menekşe Toprak
ZAMANSIZ	Engin Akyürek
UZAK DENİZ KÜÇÜK YAĞMUR	Talat Kırış
BİR GECE YOLCULUĞU	Nermin Bezmen
HİPOMANİA	Tahir Musa Ceylan
GÜNAHIN ÜÇ RENGİ	Gülseren Budayıcıoğlu
AZINLIK	İshak Reyna
UZAK BİR MASAL	İrem Uzunhasanoğlu
ÂŞIKLARA YER YOK	Tarık Tufan
OTOBÜSÜN PENCERESİNDEN	Sibel Oral
KIRMIZI PELERİN	Gülseren Budayıcıoğlu
DÜŞERKEN	Tarık Tufan
ÖLÜM AKLIMDASIN	Nedim Gürsel
BEN, NEFİSE	Berna Kumaş Sipahi
ÇEMBER APARTMANI	Defne Suman
SAKLAMBAÇ	Defne Suman
GÖLGEN ZAMANIN PENCERESİNDE	Enver Aysever
DEJAVU	Menekşe Toprak
KURT SEYT SHURA	Nermin Bezmen
BEN BU SAÇMALIĞI BIRAKAMAM	Kaan Sabancı
ETİNİ ACITMAK	Orhan Murat Bahtiyar
MAVİ KARGA	Türkan Elçi
KARTAL KANADINI AÇTIĞINDA	Ömer Uçar
SANA KİM SARILACAK?	Çağnam Erkmen
DAĞIN RÜYASI	Ali Volkan Erdemir
ÇÜRÜME	Cem Kalender
AVUCUMDA RÜZGÂR VAR	İsmail Güzelsoy
SON YOLCU	Nedim Gürsel
AMSTERDAM	Başar Başaran
BABAMIN YALANLARI	Rıza Akın
DERİNDE SAKLI	Burcu Alşan

BAŞKA BOŞLUK	Sarp Kalfaoğlu
KALK YERİNE YAT	Şermin Yaşar
KEKEME ÇOCUKLAR KOROSU	Tarık Tufan
YAŞLI ŞARKILAR	Nuriye Akman
YİTİK ÜLKE	Defne Suman
ÇATLAKLAR	Göktuğ Canbaba
ZAMİR	Hakan Günday
GEÇ KALAN	Tarık Tufan
MÜDERRİS VE VİRTÜÖZ	Selçuk Orhan
ANNEM BENİ GÖRSÜN	Filiz Aygündüz
BÜYÜLÜ SOFRA	Nuriye Akman
BİR ADAM GİRDİ ŞEHRE KOŞARAK	Tarık Tufan
ÖNCE SEN VARDIN	Canan Tan
ÇILGIN BİR DEVİNİMDİR YAŞAMAK	Raşel Rakella Asal
HAYATA DÖN	Gülseren Budayıcıoğlu
BİN YILIN AŞK MEKTUPLARI	Sıla Gençoğlu
AY TAŞI TANRIÇALARI	Nermin Bezmen
SONSUZLUĞUN İLK GÜNÜ	Harun Candan
ÖYLE BİR EYLÜL YOK ARTIK	Enver Aysever
KESKİN NİŞANCI	Cem Selcen
EVDEN KAÇMANIN YOLLARI	Defne Suman
YALNIZ	Zeynep Kaçar
AHTAPOTUN RÜYASI	Barış Müstecaplıoğlu
BENİ ONLARA VERME	Tarık Tufan
TAVUSKUŞU GÜNCESİ	Burak Eldem
SARA'NIN GÖZLERİ	Türkan Turan
AY IŞIĞI	Akın Aksu
İMKÂNSIZ BİR LİSTE	Derya Erkenci
HER ZERRE KARA	Özen Yula
BÜTÜN ŞİİRLERİ	Orhan Veli
KURT SEYT MURKA	Nermin Bezmen
HEY VAPURLAR TRENLER	Oktay Akbal
KERTENKELE SAVUNMASI	Bülent Emrah Parlak
BOĞAZKESEN 25. YIL ÖZEL BASKISI	Nedim Gürsel
DELİ TARLA	Şermin Yaşar
İNSANLIK DENEYİ	Erbuğ Kaya
YAĞMUR'DAN SONRA	Defne Suman
ANNEANNEM İNTERNETTE	Canan Tan
DİMDİK AYAKTA HER AN TETİKTE	Nilüfer Açıkalın
AŞK BİR KAR TANESİ	Günhan Kuşkanat